www.mayabook.co.kr

www.mayabook.co.kr

레벨이 대수냐 7

지은이 | 누워서보자
펴낸이 | 권순남
펴낸곳 | (주)마야·마루출판사

등록 | 2008. 1. 7(제310-2008-00001호)

초판 인쇄 | 2019. 3. 12
초판 발행 | 2019. 3. 15

주소 | 서울시 노원구 상계 1동 1049-25 신영산업 BD 602호
대표전화 | 02-2091-0291
팩스 | 02-2091-0290
이메일 | marubooks@hanmail.net

ISBN | 978-89-280-8897-3(세트) / 978-89-280-9590-2
정가 | 8,000원

잘못된 책은 교환하여 드립니다.
저자와 협의하여 인지를 붙이지 않습니다.

「이 도서의 국립중앙도서관 출판시도서목록(CIP)은 서지정보유통지원시스템 홈페이지(http://seoji.nl.go.kr)와 국가자료공동목록시스템(http://www.nl.go.kr/kolisnet)에서 이용하실 수 있습니다.」
(CIP제어번호:CIP2019007384)

누워서보자 게임 판타지 장편소설

레벨이 대수냐

7

마야&마루

❧ 목차 ❧

Chapter 1 ···007

Chapter 2 ···093

Chapter 3 ···171

Chapter 4 ···245

레벨이 대수냐

Chapter 1

 # 레벨이 대수냐

멀덴이 눈을 떴다.

그는 멀리서 들려오는 여러 폭음에 몸을 일으켰다.

오랜 꿈을 꾼 것 같다. 얼마나 자고 있던 것일까?

그는 자리에서 일어나려 했으나 전신에 힘이 들어가지 않았다.

"끄응……."

로키와의 일전이 파노라마처럼 머릿속을 스치고 지나갔다.

치열한 격전이었다. 몸에 힘이 없는 것도 당연한 현상이었다.

멀덴은 기다시피 벽 쪽으로 가 기댔다.

푸석한 손바닥을 들여다보았다. 수분이 없는지 메마르다 못해 피부가 쩍쩍 갈라져 있다.

콰앙!

또 한 번의 폭음이 들려온다.

아직 전쟁은 끝나지 않았다. 상황은 어디까지 진행됐으며, 승기를 잡은 쪽은 누구일까.

여기서 이러고 있을 때가 아니다.

"흡!"

벽에 난 홈을 붙잡고 자리에서 일어났다. 다리가 덜덜 떨렸지만 금방 적응될 것이다.

땀으로 축축한 머리를 뒤로 넘겼다.

그때 손목에 딱딱한 뭔가가 걸렸다. 무엇인지 확인해 보니 귀걸이였다.

멀덴은 액세서리를 착용하는 취미가 없었다.

귀걸이를 빼 확인한 그는 표정이 조금 일그러졌다. 자주 보던 귀걸이였다.

"김성현의 귀걸이잖아?"

이게 왜 자신의 귀에 걸려 있단 말인가?

멀덴은 의식을 잃고 있던 상태라 당연히 알 수 없었다.

처음으로 귀걸이를 유심히 들여다보았다. 푸른 보석이 짤랑거리는 작고 아름다운 형태였다.

지금까지 액세서리는 여자들의 전유물이라고 생각해 왔는데, 이 정도면 자신이 차도 될 것 같았다. 그러나 주인이 따로 있으니 일단 주머니에 넣어 놨다.

"그만 가 보자."

힘도 제대로 안 들어가는 자신이 무슨 도움이 되겠냐마는 없는 것보단 나으리라.

멀덴은 무거운 몸을 이끌고 날아올랐다.

느릿하긴 했지만 하늘까지 올라온 그는 멀리 펼쳐진 풍경에 참담한 얼굴이 되었다.

끝을 모르고 몰려드는 검은 것들이 사람들을 공격하고 있다. 최대한 맞서고 있긴 하지만 하늘에서 봤을 때 물량의 차이는 명백했다. 그렇다고 적들이 약하지도 않았다.

멀덴은 이를 악물고 그곳으로 이동했다.

✵ ✵ ✵

김성현은 카오틱 구울들의 공세가 한층 더 거세지자 견제를 포기하고 도망치는 중이었다.

이놈들은 엄청난 괴물이다. 벌써 반 넘게 당했다.

"빌어먹을!"

[이건 진짜로 위험합니다!]

"나도 알아!"

그는 높이 뛰어오르며 듀란달을 휘둘렀다. 검붉은 뇌기가 폭풍처럼 휘몰아치며 카오틱 구울들을 휩쓸었다.

그러나 액체가 된 녀석들은 금방 몸을 수복해 언제 당했었냐는 듯 다시 달려들었다.

"미쳤군! 버켄! 이대론 답이 없어!"

"나도 눈이 달려 있다!"

버켄의 몸에서 어둠으로 이루어진 굵은 촉수들이 튀어나왔다.

굉장히 징그러운 광경이었지만 위력은 카오틱 구울들을 지워 버릴 정도로 강력했다.

다시 재생한다는 게 문제였지만.

죽여도 죽지 않고, 상대의 능력을 무력화시킨다. 기본적인 신체 능력도 무시할 수 없을 정도로 뛰어나다.

총체적 난국 수준의 적이었다. 이걸 감당하려면 막대한 희생을 치러야 할 것이다.

'아니, 희생을 해도 못 이길 가능성이 더 높다.'

슈퍼노바나 로키보다 더 강하다고는 확신할 수 없다. 하지만 더 까다로운 건 분명했다.

적어도 두 존재는 분열하지도, 상대의 능력을 무력화시키지도 못했으니까.

그때 듀란달이 지금까지 품고 있던 의문을 꺼내었다.

[그런데요.]

"왜?"

[저희는 원래 저 녀석을 역소환시키려고 술사를 죽이기 위해 기간테스의 영역으로 들어간 거잖아요?]

"……."

듀란달의 말을 끝까지 들은 건 아니지만 그가 무슨 말을 하려는지 알 것 같았다.

지금까지 전투가 너무 급박해 잊어버리고 있었다. 다른 사람들도 치열한 현 상황에 완전히 까먹은 모양이었다.

듀란달의 말이 이어졌다.

[아직까지 역소환되지 않았다는 건 술사가 기간테스의 왕이 아니라는 걸까요? 그 하얀 로브의 인간이 여기 있는 인간들보다 더 강했다는 걸 생각하면 그일 수도 있겠군요. 그것도 아니라면 봉인된 상태라 죽은 걸로 치부되지 않아 역소환되지 않는 것일 수도.]

"다 가능성 있는 추측이야. 하지만 술사는 왕 녀석이 분명해."

아직까지도 슈퍼노바의 이름을 모르는 김성현이었지만 개의치 않고 계속해서 말을 했다.

"하얀 로브 녀석은 초반에 기가스 놈의 말에 제대로 대꾸도 하지 못하고 거의 따르기만 했어. 갑을 관계가 어느 정도 잡혀 있었다는 거지."

[말을 들어 보니 그런 것도 같네요.]

"녀석은 왜 기가스에게 약한 모습을 보였을까. 단순히 힘의 차이가 나서? 기간테스 진영이었기 때문에? 둘 다 아니야."

[그럼요?]

"저 녀석을 소환한 게 기가스 녀석이기 때문이야. 놈은 거래를 한 거야. 아마 뭔가를 받거나 도움을 주기로 계약을 했겠지. 자세히는 모르겠지만 이미 기가스가 물건을 받았다면 로브 녀석의 입장에선 굽힐 수밖에 없다고 봐야 옳아."

[쉽게 말해 기가스가 소환술사이기 때문에 그런 거군요.]

"그래. 이러나저러나 주도권은 술사에게 있는 거야."

아닌 말로 소환술사인 기가스가 배 째라는 식으로 역소환했다면 상대는 아무 말도 하지 못할 것이다. 적진이기 때문이다.

일이 수틀려 김성현과 슈퍼노바, 아셀라우시스라는 삼파전의 양상을 띠긴 했지만 무난하게 흘러갔다면 최후의 승자는 슈퍼노바였다.

하지만 당장 중요한 건 이게 아니었다. 술사가 슈퍼노바가 맞다면 이건 이것대로 골치가 아팠다.

"쳇! 봉인에서 해방시킬 수도 없고!"

김성현은 무옥을 떠올리며 눈살을 찌푸렸다.

정말 봉인 때문에 역소환이 안 되는 거라면 카오틱 구울들을 모두 죽여야 한다는 것인데…….

[어렵겠는데요?]

태연한 듀란달의 목소리에 김이 샜다.

김성현은 계속해서 번개를 흩뿌리며 하늘로 날아올랐다.

이젠 육안으로 숫자를 셀 수 있을 정도로 인구수가 줄었다. 반대로 카오틱 구울들은 여전히 수두룩하다.

"버켄! 어떻게 할 텐가!"

붉은 머리를 한 사내의 질문에 버켄은 생각에 잠겼다. 현재 그가 잠정적 리더였기에 선택을 내려야만 했다.

어깨에 힘없이 걸려 있는 클락을 보았다. 무게가 계속 줄어들고 있는지 어지간한 여자보다 훨씬 가벼워졌다. 이대로 먼지처럼 사라지는 건 아닌지 모르겠다.

그의 옆에 나타난 김성현이 말했다.

"일단 후퇴하자."

"후퇴?"

버켄이 퉁명스럽게 대꾸했다.

도망이라면 질색하는 그였다. 그렇다고 거부하기엔 현 상황이 너무 참담하다.

그는 한숨을 내쉬며 모두에게 명령을 내렸다.

"모두 퇴각한……!"

"잠깐!"

그때 뒤에서 익숙한 목소리가 들려왔다.

"멀덴?"

"벌써 깨어난 거야?"

적어도 한참은 의식을 잃은 채로 있을 줄 알았다.

김성현이 그에게 다가갔다. 가까이서 보니 안색이 아직 창백했다. 몸도 전체적으로 축 늘어져 힘이 없어 보였다. 완전히 회복된 게 아니다.

"거기서 계속 쉬고 있지, 왜 온 거야?"

"놀고 있으면 뭐 하겠나. 적이 남아 있다면 싸워야지."

"바보 같은 소리다. 넌 도움이 안 돼."

"알고 있다. 하지만 죽을 생각으로 한다면 조금이라도 줄일 수 있겠지."

버켄의 냉정한 말에 멀덴이 자조적인 미소로 대답했다.

버켄은 그에게 무슨 말을 더 하고 싶었지만 상황이 여의치 않았다.

그는 다시 모두에게 명령을 내렸다.

"모두 퇴각이다!"

"퇴각이라니?"

멀덴이 어이없다는 눈으로 묻자,

"말 그대로 퇴각이다. 현재 승산은 없다."

"우리가 여기서 도망치면 결국 저놈들에게……."

"시끄럽다. 지금의 리더는 나다."

멀덴의 시선이 버켄의 어깨에 걸려 있는 클락에게로 향했다. 얼마나 약해진 건지 평범한 사람 수준으로 전락했다.

사람들도 많이 줄었고, 버켄의 말처럼 승산은 희박해 보였다.

그렇지만 후퇴를 용납할 순 없었다. 지금까지 척박한 요툰 땅에서 힘겹게 쌓아 올린 것들이 아니던가.

가뜩이나 알텍스가 붕괴된 상황이다.

"여기서 물러나면 대체 우린 어디로 가지?"

"모른다."

"그건 너무 무책임한 말이다."

"무책임? 너야말로 무책임한 것 아닌가? 도움도 안 되는 상태로 싸우겠다고? 말리지 않겠다. 그냥 가서 죽어라."

버켄은 그를 지나쳐 모두를 이끌고 후퇴하기 시작했다.

김성현은 이러지도 저러지도 못하고 두 사람을 번갈아 보다가 멀덴의 팔을 붙잡았다.

"가자. 살면 나중을 기약할 수 있지만 죽으면 다 끝이다."

"젠장……."

멀덴은 아랫입술을 깨물고 몰려오는 카오틱 구울들을 보았다. 새까만 바퀴벌레가 우글거리는 것 같다.

그는 체념한 얼굴로 김성현을 보았다. 김성현이 고개를 끄덕였다.

두 사람은 멀어진 사람들을 따라 전장에서 벗어났다.

다행히 분열된 카오틱 구울은 속도 자체가 빠르지 않고 비행 능력이 없어 금방 따돌릴 수 있었다.

※ ※ ※

요툰 땅에 밤이 찾아왔다.

알텍스를 잃은 사람들은 커다란 동굴을 발견해 그곳으로 들어갔다. 추위를 피하기 위해서가 아닌 숨기 위해서였다.

가장 먼저 들어간 정령사가 빛의 하급 정령 몇 체를 허공에 풀었다.

버켄이 입구에 어둠 막을 펼쳐 놓은 상태라 빛이 바깥으로 새어 나가지 않았다.

대낮처럼 밝아진 동굴 안에서 사람들은 편한 자세로 앉았다. 지금부터 앞으로의 대책을 짜야 한다.

클락은 죽은 사람처럼 구석에 드러누워 있었다. 하급 정령을 소환한 정령사 마잭이 클락을 보며 말했다.

"클락께선 어쩌다 저렇게 된 거지?"

마잭은 대표적인 4속성의 정령왕을 소환할 수 있는 대신격이었다. 단일 전투에서도 최상위권을 자랑하며 이번 싸움에서도 큰 활약을 했다.

버켄은 입술을 깨물며 고개를 숙인 상태였다.

마잭이 인상을 쓰며 입을 열려 할 때 밀레가 어색하게 웃으며 대신 답해 주었다.

"저, 저희도 모르겠어요. 어느 순간부터 갑자기 저러셔서……."

"모른다는 게 말이 되나?"

"너희가 저분과 계속 같이 있었잖아!"

"그게……."

광괴(狂怪) 의령이 주먹으로 땅을 치며 성질을 내자 밀레가 기어들어 가는 목소리로 중얼거렸다.

그들을 지켜보고 있던 김성현이 듀란달에게 말했다.

-상황이 별로 안 좋아.

-내부 분열이 나면 안 될 텐데요.

아직 과열된 수준은 아니었지만 위기감을 느낀 그들은 어떻게 돌변할지 모른다.

히든 퀘스트가 시작된 지 꽤 많은 시간이 흘렀다. 계속해서 지체되다간 평생 이곳에 갇혀 있을 수도 있다.

가만히 앞날을 걱정하고 있을 때였다. 굳은살이 잔뜩 박인 손바닥이 눈앞에 튀어나왔다. 그 위엔 귀걸이 하나가 놓여 있었다. 멀덴의 영광이었다.

"멀덴?"

"받아라. 왜인지 이게 내 귀에 걸려 있더군. 네가 나한테 해 준 건가?"

"음, 뭐……."

해 준 건 아니지만, 머릿속에 집어넣은 거라곤 차마 말할 수 없었기에 대충 얼버무렸다.

김성현은 귀걸이를 받아 들었다. 전보다 색이 좀 옅어졌다.

'멀덴을 회복시키는 데 힘이 많이 사용된 모양인데?'

정작 멀덴은 귀걸이의 효능을 알지 못했기에 귀걸이가 자신을 살렸다곤 생각하지 못했다.

김성현도 귀걸이를 그의 머릿속에 집어넣기 전까진 같은 생각이었다. 귀걸이의 상태창엔 그런 효과는 적혀 있지 않았다.

-눈에 보이지 않는 힘이 간혹 존재하죠.

-흥미롭네.

김성현은 피식 웃고는 멀덴에게 귀걸이를 주었다.

"왜 다시 돌려주지?"

"너 가져라."

"액세서리는 필요 없다만."

"언젠가 또 널 지켜 줄 거야. 그냥 내 선물이라고 생각해. 어차피 난 필요도 없고."

승자를 위한 전쟁이 대단한 스킬이긴 하지만 영혼의 군대는 본래 멀덴의 것이었다.

그 순간 눈앞에 창 하나가 떠올랐다.

[숨겨진 퀘스트 달성!]

타임 패러독스를 달성하셨으므로

두 가지 선택지가 주어집니다.

1. 퀘스트 변경

2. 퀘스트를 유지시키되 실패하더라도 생츄어리로 탈출

"이게 뭐야?"

김성현의 얼굴이 와락 구겨졌다.

'이게 무슨 개똥 같은 소리야!'

타임 패러독스는 뭐고, 두 개의 선택지는 또 뭐란 말인가?

김성현은 머릿속이 복잡해지는 걸 느끼며 일단 창을 밑으로 내렸다.

지금까지 밝혀진 시스템 사용법엔 해박했기에 언제든 다시 창을 열 수 있다.

-무슨 일인데요?

창을 보지 못하는 듀란달은 김성현의 반응에 의아해할 수밖에 없었다.

그는 퀘스트 월드를 인식하는 몇 안 되는 존재지만 시스템을 직접 보진 못했다.

김성현은 속이 갑갑해지는 걸 느끼며 다시 창을 올렸다. 그러곤 듀란달에게 지금 앞에 떠 있는 창에 대해 설명했다.

-흠……. 그러니까 특정 조건을 만족시켜서 변화가 생겼다는 거네요?

-그렇지.

-다만 뭘 선택하느냐가 문제라는 건데…….

-그것도 그렇지만, 일단 왜 갑자기 이런 게 떴느냐가 더 큰 문제지. 특히 이 타임 패러독스라는 거.

타임 패러독스는 언뜻 보면 퀘스트 월드란 게임의 핵심 주제 같아 보이지만 실상은 아니었다.

본래 세계에 존재하는 A란 사람이 과거로 돌아가 역사적 사실을 바꾸어 현재에까지 영향을 끼친다면 그건 타임 패러독스가 맞다.

그러나 퀘스트 월드는 애초부터 바깥에 존재하던 플레이어가 그 세계에 개입하여 역사적 사실을 바꾸는 것이기에 타임 패러독스라고 할 수 없었다.

정확히는 나비효과라고 해야 옳으리라.

물론 타임 패러독스든 나비효과든 둘은 떼려야 뗄 수 없는 관계였다. 타임 패러독스 자체가 나비효과로 인해 발생하는 것이니까.

다만 퀘스트 월드는 나비효과만 존재하는 것이다.

-그러니까 차라리 나비효과를 달성했다고 적혀 있었으면 이렇게 당황하지 않았을 거라는 말입니까?

-그렇지.

현 상황에선 타임 패러독스와 나비효과는 엄연히 달랐다.

어디서 타임 패러독스가 발생한 것일까.

김성현은 곰곰이 생각해 봤지만 떠오르는 부분이 없었다.

'하얀 로브 놈이 요툰에서 일을 저질렀던 적이 있었던 건가?'

그의 수준을 생각하면 가능한 일이었다. 다른 사람들에게 얼굴을 비친 것도 아니니 예전에 왔던 자라고 말해 줄 사람도 없었다.

이름을 알아냈더라면 요툰에 오래 머무른 이들에게 물어볼 수 있겠지만,

-이름을 모르네. 젠장…….
-인상착의로 물어보면 되잖아요?
-그 생각을 안 한 건 아닌데.

김성현은 쉬고 있는 사람들을 둘러봤다. 백금발에 금안을 한 사람이 한둘이 아니다.

-그, 그렇긴 하네요.

일반적으로는 보기 드문 외모지만 이곳에선 흔하디흔한 외모였다.

멀덴이 걱정된다는 듯 물어 왔다.

"어디 아픈가? 혹 싸우다 크게 다치기라도 한 거야?"

"그건 아니야. 그냥 앞으로의 일을 좀 생각하느라고."

"심란하긴 하군. 어떻게 되려고 이러는지……."

멀덴은 착잡한 눈으로 밖을 보았다.

버켄의 어둠 장막이 펼쳐져 있지만 안쪽에선 밖을 볼 수 있었다.

아직 카오틱 구울들이 이곳까진 오지 못한 모양이다.

"그래. 이분 얘기는 더 이상 않겠네. 진짜로 모르는 것 같으니까. 그럼 앞으로에 대해 얘기나 해 보자고. 버켄, 자네가 잠정적인 리더라는 건 말하지 않아도 알겠지?"

저쪽은 클락에 관한 얘기가 끝나고 드디어 앞으로에 대해 얘기하려는 모양이었다.

멀덴은 대화에 낄까 고민했지만 다시 바깥으로 시선을 돌렸다. 저곳에서 자신이 할 말은 별로 없을 것이다.

아직 허쉬의 두뇌들이 몇 남아 있다. 그들이 지금 상황을 타파할 만한 작전을 짜길 바랄 뿐이다. 그동안 약해진 힘을 다시 원상 복귀시키는 데 주력해야 한다.

김성현은 그를 힐끔 보고 다시 창으로 눈을 돌렸다. 창이 빠르게 깜빡이고 있다.

'이제 정해야 한다.'

일반적이라면 2번을 골라야 정상이다. 실패해도 생츄어리로 탈출할 수 있는 출입구가 생기는 셈이다.

이건 엄청난 보험이었다. 보통 보험사는 암에 걸린 사람이 암 관련 보험을 넣으려 하면 못 들게 한다. 돈이 새어 나가는 구멍이나 다름없기 때문이다.

자신의 상황도 그것과 크게 다르지 않았다. 암으로 비유했을 때 지금은 말기나 다름없었다.

그런데 2번은 지금 자신에게 목숨을 하나 더 준다고 한다. 정상적이라면 2번을 선택해야 옳다.

그런데… 그런데 왜!

'자꾸 1번이 눈에 아른거리는 거냐고!'

그냥 퀘스트 내용이 바뀔 뿐이다. 어떻게 바뀐다고 적혀 있으면 고민이라도 해 볼 텐데, 달랑 퀘스트 변경이라고만 적혀 있다.

김성현은 미칠 지경이었다. 듀란달도 쉽게 의견을 제시할 수 없는지 침묵하고 있었다.

창이 이젠 빨간 경고등처럼 번쩍거린다. 검지를 들어 창으로 서서히 옮겼다.

답은 2번이다. 요툰에서 인류가 패한다면 어떻게 될지는 모르겠지만 사는 것도 중요하지 않겠는가?

거기다 꼭 실패한다는 보장도 없었다. 성공할 가능성이 미약하지만 분명 있을 것이다.

그때 듀란달이 의미심장한 목소리로 말했다.

-1번 하시죠.

-왜?

-느낌이 이상합니다.

-촉이 안 좋다는 거야?

-그렇습니다. 어떤 논리로도 설명할 수 없는 단순한 감이지만… 1번을 고르셔야 할 것 같습니다.

움직이던 검지가 허공에서 멈추었다.

듀란달 역시 자신처럼 묘한 느낌을 받은 모양이었다.

하지만 이게 정말 잘하는 짓인 걸까?

후회할 것 같다.

아니, 선택하고 나면 백 퍼센트 후회한다.

김성현은 눈을 질끈 감고 손가락을 움직였다. 단단하고 평면적인 뭔가에 손가락 끝이 닿았다.

[1번을 선택하셨습니다.]

[퀘스트 내용이 변동됩니다.]

[히든 에피소드 발생!]

[에피소드 00:초월자(超越者)]-에테르력 348221년

세계를 포식하며 우주의 법칙을 거스르는 불합리한 우주적 존재, '카오틱 구울'. 현재 그의 목표는 요툰 땅의 마지막 종족을 몰살시키고 요툰이란 강력한 세계를 먹는 것이다.

만약 카오틱 구울이 요툰을 먹게 된다면 다음 행선지는 판데리아 대륙이 된다.

현재 판데리아 대륙은 천계의 도움을 받지 못하는 상황이며, 카오틱 구울을 막을 저력이 존재하지 않는다.

판데리아 대륙이란 세계까지 먹힌다면 카오틱 구울은 우주 전체를 위협하는 거대한 악이 될 것이다.

[퀘스트 발생!]

우주적 존재, '카오틱 구울' 말살!

클리어 조건:카오틱 구울의 소멸

클리어 보상:초월의 핵

새로 업데이트된 내용에 김성현의 표정은 급속도로 어두워졌다.

일단 내용과 보상만 달라졌을 뿐이지 이전 퀘스트와 크게 다르지 않았다.

결국 카오틱 구울이라는 거대 존재를 죽여야 한다.

다만 이것으로 인해 2번을 고르지 않은 걸 행운으로 여겨야 했다.

2번을 골랐다면, 그래서 퀘스트를 실패하고 생츄어리로 탈출했다면 판데리아는 엉망이 되어 있었을 것이다.

플레이어들이 합심한다면 쓰러트릴 수도 있겠지만 에피소드를 마음대로 넘나드는 권한은 몇 존재하지 않았다.

쉽게 말해 퀘스트 월드 특유의 랜덤성 때문에 쓰러트리는 게 거의 불가능하다는 얘기다.

김성현이 착잡한 얼굴을 하고 있을 때 듀란달이 뜬금없이 소리를 내었다.

-아!

-갑자기 왜?

-저 알아냈습니다!

-뭘?

-타임 패러독스요!

-말해 봐.

-저희가 너무 어렵게 생각했어요. 타임 패러독스는 말 그대로 나비효과에서 비롯된 모순이잖습니까? 그 나비효과라는 건 말 그대로 나비에게서 비롯된 효과, 굳이 사람이나 그에 준하는 생명체의 개입일 필요가 없죠.

-하고 싶은 말이 뭔데?

-귀걸입니다. 멀덴의 영광이라는 귀걸이 때문에 타임 패러독스가 발생한 거예요!

김성현이 놀란 얼굴로 멀덴을 보았다.

그는 현재 눈을 감고 명상을 하고 있었다. 마력의 흐름을 보니 힘을 회복 중인 듯했다.

-귀걸이를 착용 중이군요.

-마음에 들긴 했나 봐.

김성현은 피식 웃었다.

듀란달의 말은 일리가 있었다. 성능 좋은 귀걸이긴 하지만 어찌 보면 고작해야 귀걸이였다. 그리고 멀덴이 자신에게 돌려주고, 자신이 다시 그에게 줬을 때 숨겨진 퀘스트가 달성되었다. 너무 복잡하게 생각했던 모양이었다.

그게 왜 숨겨진 퀘스트였는지는 모르겠지만 현재 그것

까지 생각할 겨를은 없었다. 그건 나중에 복기하면 되는 것이다. 지금 중요한 건 따로 있다.

-이렇게 된 이상 무조건 놈을 죽여야 해.

-방법이 없는 건 아닙니다.

"뭐?"

모두의 시선이 김성현에게로 쏠렸다.

그가 어색하게 웃으며 손을 흔들자 싱겁다는 표정으로 모두가 다시 대화를 시작했다.

저도 모르게 소리 내어 말했다. 괜히 민망함이 느껴졌다.

김성현은 헛기침을 하며 다시 듀란달에게 물었다.

-무슨 방법인데?

-무옥을 사용하는 겁니다.

-무옥엔 기가스 자식을 봉인해 놨잖아.

-풀어 버리면 되죠.

-그게 무슨······.

김성현이 헛소리라고 말하려는 순간 듀란달의 대답이 번개처럼 머릿속에 꽉 꽂혔다.

"그거야!"

"또 왜 그러는가?"

대화의 중심이던 마잭이 인상을 구기며 김성현에게 따졌다.

하지만 이번엔 아까처럼 어색하게 웃지 않았다. 자신만만하게 그들의 중심으로 걸어가 인벤토리를 열었다.

멀덴도 명상을 풀고 김성현의 행동을 지켜보았다.

"다들 잘 보십시오."

김성현은 인벤토리에서 무옥을 꺼냈다.

슈퍼노바가 안에 담겨 있었기에 끔찍한 사기가 풀풀 흘러나오고 있었다.

마잭이 꺼림칙한 얼굴로 자리에서 일어났다.

"그 흉물은 대체 뭐지?"

"기간테스의 왕을 봉인한 구슬입니다."

"기간테스의 왕? 설마 자네가 김성현인가?"

"맞습니다."

마잭이 반가운 얼굴로 손을 내밀었다.

"반갑네. 얘기는 많이 들었어. 전쟁이 너무 치열해 알아보지 못한 점 사과하지."

지금까지도 김성현의 얼굴을 알고 있는 이는 몇 없었다.

그러나 그가 슈퍼노바를 잡았다는 사실을 모르는 사람은 없었다.

그중엔 김성현이란 존재를 못마땅하게 여기는 부류도 있었다. 대표적인 인물이 광괴 의령이었다.

"흥! 고작 그 힘을 가지고 그 괴물 같은 놈을 쓰러트렸다고? 대체 무슨 수작을 부린 거지?"

그는 쏴붙이는 말투로 김성현을 무시했다. 의령 말고도 그런 시선을 보내는 사람이 제법 많았다.

버켄은 눈동자만 굴려 상황을 주시하고 있었다. 밀레가 그의 귀 쪽으로 입을 들이밀며 작게 중얼거렸다.

"어쩌려는 걸까요?"

"나도 몰라."

이미 주도권은 버켄에게 없었다.

밀레가 시무룩한 얼굴로 제자리에 앉았다.

김성현은 노골적으로 무시하는 자들을 돌아보며 피식 웃었다. 한참이나 약한 놈이 그런 모습을 보이니 몇몇이 자리에서 일어났다.

"이 건방진 녀석이······. 지금 비웃은 거냐?"

"어린 친구가 겁이 없군."

대략 다섯 정도 됐는데, 하나같이 무시무시한 기백을 뿜고 있었다. 한 사람도 김성현이 비벼 볼 만한 상대가 아니었다. 그렇기에 더 가소로웠다.

"내가 기간테스의 왕을 잡을 때 당신들은 뭐 했는데?"

더 이상의 존대는 없었다.

의령이 대표로 나서 김성현의 앞에 섰다. 거의 코가 맞닿을 정도로 지근거리였다.

끔찍할 정도로 강한 압박감이었지만 전혀 무섭지 않았다.

우주의 대신격이 만들어 낸 위대한 성검이 자신과 함께였으니까.

듀란달이 말했다.

[벌레들 주제에……. 다 눈 깔아.]

"오우! 패기 지려."

김성현이 씩 입꼬리를 올렸다.

의령의 안색이 약간 창백해졌다.

※ ※ ※

그의 반응은 지극히 당연했다.

의령뿐만이 아니었다. 이 자리에 있는 모두가 긴장한 얼굴로 주시하고 있었다.

듀란달이 홀로 검집에서 나와 허공에 떠올랐다.

검신에 길게 늘어진 알 수 없는 문자들이 황금빛으로 물들기 시작했다.

영험하기까지 한 그 모습에 김성현은 웃음을 터트릴 뻔했다.

그러거나 말거나 듀란달은 한껏 분위기를 잡고 목소리를 냈다.

[건방진 것들이. 감히 내가 주인으로 모시는 분께 함부로 입을 놀려?]

듀란달에게서 거스를 수 없는 힘이 흘러나왔다.

그것은 강함을 따지는 힘이 아니었다. 굳이 따지자면 '격'을 논하는 힘이었다.

그를 만든 존재는 광활하기 그지없는 우주의 대신격이다.

그런 존재가 만든 것이라면 한낱 미물이라도 엄청난 격을 가지게 된다.

하물며 듀란달은 에고 소드이지 않은가?

차원 단위의 신격에게(신위를 가진 건 아니지만) 항렬은 무의미하지만, 굳이 매기자면 듀란달은 이곳에 있는 누구보다 윗줄에 있었다.

대부분이 눈을 밑으로 깔았다. 올바른 판단이었다.

하지만 그렇지 않은 부류도 반드시 있기 마련.

그중 대표적인 사람이 바로 의령이었다. 얼굴은 당장이라도 도망치고 싶어 하는 것 같았다. 자존심이 허락하지 않는 모양이었지만.

"하, 한낱 검 따위가!"

의령이 용기를 내 소리쳤다.

몇몇이 경악한 얼굴로 그를 봤지만 한 번 말을 뱉은 이상 돌이킬 수 없다. 그도 알고 있었다.

의령은 마음을 먹었는지 끝장을 볼 생각으로 듀란달에게 폭언을 퍼부었다.

"아무리 위대한 존재가 만들었다고 해도 검은 검! 도구 따위가 건방지게 굴어! 굴긴!"

[말 다 했나?]

"아, 아직 다 안 했······."

[아니, 됐다. 더 들을 필요 없지.]

김성현은 듀란달이 자신을 본다는 걸 눈치채고 고개를 끄덕였다.

듀란달의 말이 이어졌다.

[너, 이름이 뭐냐?]

"도, 도구 따위가 감히 내 이름을 물어?"

자존심이 밥 먹여 주는 것도 아니고, 가오가 뇌를 지배한 것일까?

듀란달은 눈 하나 깜빡이지 않고 다시 물었다.

[좋은 말로 할 때 이름을 말해라. 아니면 강제로 너의 이름을 알아내야 할 것 같으니까.]

듀란달의 박력 있는 모습, 처음 본다.

경고가 먹힌 건지 의령의 안색이 급격히 창백해졌다. 그의 말뜻을 이해한 모양이었다.

의령은 최대한 자존심을 굽히지 않는 선에서 이름을 알

려 주었다.

"광괴 의령이다. 또, 똑똑히 기억해 두라고."

[흐음……. 의령. 좋다, 의령.]

"뭐가?"

[지금 네가 내게 했던 발언은 모두 도전으로 간주하겠다.]

도전이라는 말에 의령이 기겁했다.

듀란달이 희미한 웃음소리를 내며 말했다.

[도전이 무슨 뜻인지는 너 정도라면 알고 있겠지?]

"거, 거짓말! 연락이 닿을 리가……."

[멍청한 녀석. 그분께선 당신이 만든 모든 걸 보고 계신다. 넌 그분이 만든 날 모욕했다.]

"잠깐! 잠깐!"

의령이 겁에 질린 목소리로 다급하게 외쳤지만 이미 배는 떠났다.

다른 사람들도 듀란달의 경고에 바짝 긴장한 상태였다.

의령은 우주의 대신격이 만든 듀란달을 무시했다. 그건 곧 우주의 대신격을 무시한 것과 일맥상통했다.

그의 동공이 지진이라도 난 것처럼 빠르게 떨렸다. 이제야 사태의 심각성을 어느 정도 인지한 모양이다.

'아니, 인지는 예전에 했고 지금은 죽을 수도 있겠구나, 라는 생각을 하고 있겠지.'

이쯤에서 자신이 나서야 한다.

"자자, 듀란달, 이제 그만둬."

[하지만 주인님, 이런 놈은 혼쭐을 내줘야 합니다.]

"알지, 알아. 그래도……."

말꼬리를 흐리며 의령을 보았다. 그가 간절한 눈빛으로 자신을 쳐다본다. 살고 싶은 모양이다.

김성현은 피식 웃으며 듀란달을 쥐었다. 사방에서 침 넘기는 소리가 들려왔다.

지금까진 같은 급도 되지 않는 나약한 인간으로 봤겠지만 앞으론 다르리라.

듀란달의 주인. 그것이 이제부터 김성현이란 석 자 앞에 붙는 별칭이 될 것이다.

그가 하던 말을 마저 이었다.

"앞으로 같이 싸울 '동료' 아니겠어? 무시할 수도 있지. 앞으로 안 하면 되는 거야. 그치?"

의령이 거세게 고개를 끄덕였다. 듀란달도 웃음을 한껏 참으며 맞장구를 쳤다.

[암요, 암요. 주인님의 뜻에 따르겠습니다.]

"역시 내 소울 파트너."

김성현은 듀란달을 검집에 집어넣었다. 이제부턴 그 누구도 자신을 무시하지 못할 것이다.

그는 웃는 얼굴로 주변을 둘러보았다.

그때 몇몇 이들이 눈에 들어왔다. 그들은 지금 상황을 꽤나 흥미롭게 지켜보고 있었다.

듀란달이 머릿속으로 직접 말을 걸어왔다.

-낯이 익은 자들이군요. 전 주인님과 함께 싸웠던 영웅들입니다.

-내가 생각해도 그런 것 같아.

그중엔 버켄도 있었다. 그들이야말로 허쉬의 최강 전력이라고 할 수 있었다.

듀란달의 격에도 절대 밀리지 않는 자들.

겉모습만 봐도 카오틱 구울과의 전투에서 별다른 상흔을 입지 않은 듯했다.

'딱히 끼어들 생각은 없는 모양이군.'

중요한 건 그들이 아니다.

김성현은 다시 대화할 분위기가 만들어진 걸 확인하고 아까 꺼내 든 무옥을 들어 올렸다.

"아무튼 하던 얘기를 마저 합시다. 여기엔 기간테스의 왕이 봉인되어 있습니다."

"그건 아까 들었으니 방법을 듣고 싶군."

마잭이었다. 김성현은 그에게 한 가지 질문을 던졌다.

"이이제이(以夷制夷)를 아십니까?"

"들어 본 적 있지. 동방에서 꽤나 유명한 사자성어니까."

"그겁니다. 이 녀석을 놈들이 있는 곳에 풀어 서로 싸우게 만드는 겁니다. 다만 조금 걸리는 게 있습니다."

"음?"

모두가 궁금하단 표정이 되었다. 김성현은 아까 전에 듀란달과 추측한 내용을 모두에게 말했다.

마잭이 눈살을 찌푸리며 무옥을 보았다.

"그러니까, 기간테스의 왕이 거대 존재를 소환한 술사라는 건가?"

"제가 확인한 바로는 아마 그렇습니다."

"그렇군. 그렇다면 어느 정도 말이 돼. 죽이지 않고 봉인을 했으니 당연히 거대 존재가 역소환될 리 없어."

모두가 납득했는지 고개를 끄덕였다.

"자네가 말한 문제가 뭔지 알겠군. 힘을 합칠 수도 있다는 말이지?"

"아무래도. 기간테스의 왕과 카오틱 구울이 힘을 합치면 인류는 멸망할 겁니다."

"그렇……. 카오틱 구울?"

"거대 존재의 진명입니다. 기간테스의 왕이 말하는 걸 들었습니다."

바뀐 에피소드창에서 본 것이지만 이렇게 설명하는 것이

더 설득력 있을 것이다.

마잭은 심각한 얼굴로 고개를 끄덕였다.

"카오틱 구울이라……. 섬뜩한 이름이군. 여튼 자네의 말대로라면 무의미한 방법이 아닌가?"

"아니."

대답은 전혀 다른 곳에서 들려왔다.

마잭이 시선을 대답이 들린 곳으로 돌렸다. 버켄이 음침한 표정으로 자리에서 일어나고 있었다.

"가장 현실적인 방법이다."

"지금까지 잠자코 있더니, 갑자기 왜 태도가 바뀌었지?"

"가능성이 있으니까."

"그럼 아까 전엔 가능성이 없었단 말인가?"

버켄은 대답 대신 반쯤 가라앉은 눈으로 마잭을 보았다.

그의 눈빛에 마잭이 콧잔등을 찡그렸다. 눈빛으로 대답은 충분이 됐으리라.

버켄은 김성현의 앞에 선 채 듀란달을 내려다보았다.

"여어, 오랜만이군."

[별로 오랜만은 아닌 것 같은데요?]

"크크큭! 이것 참, 말을 이렇게 잘하는데 지금까지 어떻게 참았을까? 아, 설마 봉인당한 상태였을 때 진짜 아가리까지 봉인되어 있던 건가?"

듀란달을 대하는 태도에 대부분의 사람들이 기겁했다. 그는 이미 자신의 존재감을 만천하에 알린 상태였다.

김성현은 아까 전에 웃던 자들을 눈동자만으로 둘러보았다. 그들은 이번에도 소리 없이 웃고 있었다. 변태 같은 작자들이 분명하다.

듀란달이 불쾌한 목소리로 말했다.

[당신의 역겨운 몰골은 몇천 년이 지나도 그대로군요.]

"칭찬 고맙군."

[미친놈.]

롤랑이 있던 시절에 둘의 관계가 어땠는지 대충 짐작이 갔다.

버켄은 그를 뒤로하고 천천히 좌중의 중심으로 걸음을 옮기며 말했다.

"김성현의 말처럼 슈퍼노바가 술사라고 해도 상관없다."

"슈퍼노바가 누구지?"

"이것 참, 수준 떨어지는군."

"지금 나한테 한 말인가?"

마잭이 험악한 얼굴로 묻자 버켄이 조소를 지었다.

"그럼 여기서 너 말고 또 말한 사람 있나?"

"지금 나랑 해 보자는 거냐!"

마잭의 주변에서 4속성의 힘이 휘몰아치며 인간보다 머

리 하나는 더 큰 정령들이 소환되었다.

하나같이 휘황찬란한 모습을 하고 있었는데, 본능적으로 저들이 정령왕이라는 걸 알 수 있었다.

뒤늦게 듀란달의 설명이 들려왔다.

-대표적인 4대 속성의 정령왕들을 소환했군요.

-보자마자 알아챘다. 엄청난 힘이군.

4명의 정령왕은 생긴 것만큼이나 아주 강력한 힘을 가지고 있었다. 특히 전투력에 한해선 최강이라는 불의 정령왕은 동굴을 완전히 태워 버릴 기세였다.

그러나 버켄은 조소를 지우지 않은 채 중지와 엄지로 손가락을 튕겼다.

마잭의 눈이 번뜩이자 정령왕들이 동시에 움직였다.

동굴은 넓었지만 이곳에서 두 신적인 존재가 충돌하면 무너지는 걸로 끝나지 않는다.

그 순간 두 사람 사이를 3명의 남녀가 가로막았다. 아까 전부터 구석진 곳에서 웃고 있던 이들이었다.

허리까지 내려오는 곱슬머리를 한 여인이 손에 든 스태프를 휘둘렀다. 공간에 깊은 굴곡이 생기며 정령왕들이 그곳으로 빨려 들어갔다.

쌍둥이로 보이는 남녀가 버켄을 향해 양손을 펼치자 어둠이 거짓말처럼 소멸했다.

"둘 다 그만."

"맞아."

"맞아."

"에밀리야와 로젠트 쌍둥이인가."

곱슬머리 여인이 에밀리야, 쌍둥이들이 각각 로젠트 아이린, 로젠트 베이드였다.

그들은 모두 롤랑과 함께 거인들에 맞선 신화시대의 영웅들이었다.

에밀리야가 길게 찢어진 눈초리로 버켄을 쏘아봤다.

"그 성격 좀 고치라고 몇 번을 말해?"

"왜 안 나서나 했다."

"버켄은 참 한결같아. 그치?"

"그래서 짜증 나. 그치?"

쌍둥이가 만담하듯 서로를 보며 맞장구를 쳤다. 버켄이 기분 나쁜 눈으로 보자 둘은 혀를 삐죽 내밀었다.

"아무튼 그 엿 같은 성격 좀 어떻게 해라. 상황이 이 지경인데 내분을 일으키고 싶냐?"

"하고 싶은 말은 다 해야 하는 성격이라서."

"지랄."

"흥! 이참에 끝장이나 보려고 했더니 흥이 식었군."

마잭은 정령왕들을 역소환하고 근처에 자리를 잡았다.

쌍둥이도 싸움이 끝나자 총총걸음으로 돌아갔다. 에밀리야는 버켄을 노려보다 콧방귀를 뀌며 쌍둥이 옆에 앉았다.

"뭐, 상황은 잘 정리된 것 같군."

마치 당사자가 아니라는 듯 말하는 버켄을 모두가 혐오스럽게 쳐다보았다. 그는 하루 이틀 겪은 게 아닌지 대수롭지 않아 보였다.

듀란달이 김성현에게만 들리는 상태로 말했다.

-정말 변한 게 없는 인간이군요.

-그래도 챙겨 줄 땐 챙겨 주는 사람인 줄 알았는데, 여러모로 대단하네.

-챙긴다라……. 그것도 결국 자기만족이죠. 저 인간에게는.

-그럴 수도 있고.

김성현은 팔짱을 끼고 버켄을 보았다. 그는 아까 하던 얘기를 계속하려 하고 있었다.

※ ※ ※

"보아하니 슈퍼노바에 대해 모르는 사람이 제법 되는 것 같으니 설명해 주지."

기분 나쁜 눈초리를 하는 사람은 많았지만 그것과는 별

개로 모두 궁금하긴 한 모양이었다.

"슈퍼노바는 아까 전부터 너희가 주구장창 얘기하던 기간테스의 왕의 진명이다. 아는 사람도 있을 것이고, 모르는 사람도 있겠지."

김성현은 기간테스의 왕의 이름을 처음 들었다.

-몰랐습니까?

-넌 알았어?

듀란달은 당연한 소리를 하냐는 듯 다그치며 말했다.

-그걸 말이라고 하십니까? 제 전 주인이 누군지 까먹으셨어요?

-아, 맞네. 그럼 그렇게 말하면 되지, 왜 승질이야?

-해 보고 싶었습니다. 하하!

듀란달도 제정신은 아니다. 김성현은 고개를 저으며 버켄의 말에 집중했다.

"김성현의 계획은 카오틱 구울이라는 녀석을 죽일 수 있는 유일무이한 기회라고 할 수 있다."

"그러니까 어떻게?"

마잭이 비스듬히 앉은 채 물었다. 버켄은 그에게 시선도 주지 않고 김성현에게 손을 내밀었다.

김성현이 투박한 손을 보며 물었다.

"왜?"

"무옥을 줘라."

"받아라."

김성현은 설마 그가 무슨 짓을 벌이겠나 하는 생각으로 무옥을 던졌다.

무옥을 가볍게 캐치한 버켄은 구슬을 손안에 굴렸다.

기분 나쁜 힘이 손안으로 흘러 들어오는 느낌은 그조차도 불쾌했다.

무옥. 누가 만들었는지, 대체 왜 만들었는지조차 알려지지 않은 절대적인 봉인구.

전설로만 취급되는 물건을 이렇게 보니 감회가 새로웠다.

'김성현, 넌 대체 뭐냐?'

가지고 있는 힘은 2급 신 수준밖에 되지 않는 주제에 너무나 대단한 걸 가지고 있다.

이것만이 아니었다. 그가 몸에 두르고 있는 장비들은 하나같이 높은 가치를 자랑하는 것들이었다.

버켄은 일단 그에 대한 호기심을 접어 두었다.

"확실히 대단한 구슬이군. 엄청나. 슈퍼노바를 봉인시켰다는 건 거짓말이 아닌 것 같아. 거짓말을 할 리도 없겠지만."

뜬금없는 버켄의 말에 좌중의 분위기가 가라앉았다. 그런 것 따윈 신경 쓰지 않는 그는 무옥을 조금 더 살펴보다가 다시 김성현에게 던졌다.

"일단 어떤 느낌인지 살펴봤다. 구슬의 통제는 확실히 할 수 있나?"

"글쎄? 그건 모르겠는데?"

김성현은 솔직하게 답했다.

무옥의 발동에 딜레이가 좀 있다는 것도 최근에야 알았다. 거기다 이제 딱 한 번 사용해 봤고, 그게 마지막 사용이었다. 단 한 번이라는 제약이 걸려 있었으니까.

그것과는 별개로 봉인을 풀 수 있는 것 같긴 하지만 그다음은 어찌 될지 모른다.

아이템 설명이 지금까지 틀린 적은 없으니 소멸하거나 아무것도 없는 구슬이 될 거라 추측하고 있다.

김성현이 자신의 생각을 말하자 버켄이 잠깐의 침묵 끝에 입을 열었다.

"꺼낼 수 있다면 상관없어. 이제부터 내가 생각한 계획을 모두에게 말하지."

버켄이 동의를 구하듯 둘러보자 모두가 고개를 끄덕였다.

"좋아. 일단 너희는 두 놈이 힘을 합치는 걸 우려하는 거잖아? 그럴 가능성도 꽤 높고. 맞지?"

"맞다."

"그 문제는 걱정할 필요가 없다. 왜냐하면 카오틱 구울은 피아 식별을 할 줄 모르는 녀석이니까."

"그게 무슨 소리지?"

마잭이 되물었다.

아까 전까지 카오틱 구울과 싸웠지만 놈이 피아 식별을 못한다는 얘긴 지금 처음 들었다.

다른 사람들도 마찬가지였다. 정보의 출처가 불분명하다.

버켄은 그들을 이해시키기 위해 카오틱 구울의 성질에 대해 설명했다.

"다들 카오틱 구울에 관한 신화나 전설에 대해선 한 번쯤 들어 봤을 거다. 놈은 세계를 먹고 사는 괴물. 거기서 발생한 힘으로 인과율을 파괴시키는 불합리한 권능을 가지고 있지."

"그건 모두가 아는 얘기 아닌가?"

"맞아. 그런데 많은 사람들이 여기서 놓치는 부분이 있다. 카오틱 구울이 지금까지 누군가와 함께 다닌다는 얘기를 들어 본 적 있나?"

"그건……."

모두가 서로에게 들어 본 적 있냐고 물었지만 제대로 아는 사람은 없었다.

-확실히……. 신화적 접근이라 단정 지을 수 있는 얘긴 아니지만 일리가 있습니다.

-그게 무슨 말인데?

애초에 카오틱 구울이란 존재를 살면서 처음 알게 된 김성현이었다.

 -카오틱 구울은 혼자서 떠돌아다니는 우주의 망령 같은 존재입니다. 쉽게 말해 독고다이라는 겁니다. 어차피 시간에 구애받지 않는 존재이니 평생 우주를 떠돌며 문명이 만들어진 세계를 먹고 다녔을 겁니다. 구울이란 이름이 붙은 이상 누군가와 나누지도 않았겠죠.

 -그게 어쨌다는 건데? 지금은 슈퍼노바에 의해 소환된 상태인 거잖아.

 -많은 자들이 착각하는 게 하나 있어요.

 -착각?

 -소환이란 건 말입니다. 말 그대로 소환하는 거예요. 대부분은 자신이 컨트롤할 수 있는 대상을 소환하지만 처음부터 소환이란 게 그런 개념은 아니었습니다. 원시적으로 돌아가 보자면 소환은 자신의 희생을 대가로 꺼내 놓는 최후의 병기였습니다. 무슨 말인지 이해하셨습니까?

 듀란달의 말에 김성현은 머리가 뻥 뚫린 느낌이었다.

 버켄이 왜 이번 계획은 성공한다고 한 건지 이제야 알 것 같았다.

 몇몇도 계획의 본질을 눈치챈 듯 보였다. 그중 하나가 에밀리야였다. 그러나 그녀는 미묘한 표정을 짓고 있었다.

"나쁘지 않은 가정이야. 사실이라면 말이지."

사실…….

김성현은 그녀의 생각에 동감했다.

버켄이 하려는 말은 모두 가정에 불과하다.

슈퍼노바가 원시적인 방법으로 카오틱 구울을 소환한 거라면 이이제이의 전법이 통한다. 하지만 슈퍼노바가 놈을 컨트롤할 수 있다면 인류 멸망은 확정이다.

거기서 버켄은 한 가지 더 가정을 내렸다.

"네 말처럼 가정에 불과하다. 하지만 또 다른 가정이 뒷받침된다면 얘기가 달라지. 슈퍼노바는 저기 있는 김성현과 싸웠다. 들어 보니 정확히는 삼파전이었던 것 같은데, 맞나?"

"응. 나와 슈퍼노바, 흰색 로브를 입은 녀석. 이렇게 셋이서 전투를 벌였다."

"그럼 여기서 질문. 왜 슈퍼노바는 카오틱 구울의 힘을 적극적으로 이용하지 않았을까? 굳이 편한 길을 놔두고 왜 가시밭길을 걸었느냔 말이야."

"그건… 그렇군."

그의 말에 반박하려던 에밀리야가 납득했는지 고개를 끄덕였다.

그녀만이 아니었다. 모두가 고개를 끄덕였다. 충분히 설득력 있는 말이었다.

 김성현은 버켄의 뛰어난 발상에 감탄했다. 싸운 것은 자신이었지만 저런 사실까진 유추해 내지 못했다.

 듀란달도 마찬가지였는지 진심으로 탄성을 흘렸다.

 -이야, 저 녀석 대단한데요?

 버켄은 드디어 앞으로의 계획에 대해 설명했다.

 "사실 이것도 다 가정이며 추측일 뿐이다. 하지만 우리에겐 더 이상 뒤가 없어. 모험을 걸 때다. 그러기 위해선……."

 그의 시선이 앙상한 뼈만 남은 클락에게로 옮겨졌다.

 "요툰 전체의 시간을 멈출 필요가 있다. 그리고 그건 영감만이 할 수 있는 일이야."

 "클락께선 분명 대단한 존재지만 요툰이란 땅은 엄청난 힘을 품고 있다. 전체의 시간을 멈추는 건 불가능해."

 "모두가 도우면 충분히 가능한 일이야."

 그 말대로 모두가 클락에게 집중하면 요툰이란 행성의 시간을 멈출 수 있을지 모른다.

 하지만 또 다른 의문이 남아 있었다.

 "굳이 시간을 멈춰야 하나?"

 "그게 효율적이다."

 "그게 어떻게 효율적이지?"

 이번에 나선 것은 델리라는 시공간 계열의 스페셜리스

트였다.

클락에 비해선 뒤처지지만 그 역시 일부 공간의 시간 정도는 정지시킬 능력을 갖추고 있었다.

버켄보다 그쪽 분야를 오래 연구하고 사용해 온 만큼 자신 있게 말할 수 있었다.

"공간의 질량에 따라 시간을 멈추는 데 드는 힘은 다르다. 당연히 질량이 커질수록 엄청난 힘이 들겠지. 요툰 행성은 면적은 작지만 질량은 엄청나다. 이곳에서 살아가는 원종족의 덩치가 압도적이니만큼, 모두가 힘을 합쳐도 멈출 수 있는 시간은 그리 오래되지 않을 것이다. 과연 그게 효율적일까?"

"내 생각도 같다."

김성현이었다.

클락이 회복된다면 좋은 일이다. 엄청난 전력이 보충되는 것이니까.

하지만 그것과는 별개로 버켄의 계획엔 납득할 수 없었다.

굳이 시간을 멈추지 않아도 적진에 파고들어 슈퍼노바를 해방시킬 수 있었다. 공간 이동과 에어리어 룰러라면 충분했다.

버켄의 미간이 꿈틀거렸다.

"시간을 멈추지 않고도 할 수 있겠지. 하지만 너무 위험부담이 커."

"네가 말한 쪽이 위험부담이 더 크다. 카오틱 구울 정도 되는 존재가 힘의 흐름을 못 읽을 리 없다. 내 예상으론 시간을 멈추더라도 1~2분이 한계다. 뭔가를 하기엔 충분하지만 자칫 실수라도 했다간 모두 몰살당한다."

"나도 동의~ 그 정도 규모라면 우리 힘도 다 빠져 있을 거 아니야? 저항도 못하고 죽는 건 사양이야."

지금까지 얌전히 있던 플리레라는 여인이었다. 그녀는 아름다운 꽃과 같았는데, 근처에 있는 것만으로도 매혹적인 향기가 흘러나왔다.

"비전투 인원도 좀 생각해 줬으면 좋겠어."

플리레는 버퍼 계열의 조향사였다.

다만 조향사라고 부르기엔 너무나 높은 수준을 이룩했지만 같은 수준의 적을 상대하기엔 전투력이 너무 낮았다.

다른 버퍼들도 마찬가지였다. 그들은 한 명씩 버켄에게 불만을 토로했다.

버켄의 표정이 어두워졌다. 그는 불안한 눈초리로 힐끔힐끔 클락을 쳐다봤다.

-클락을 살리고 싶어서 억지를 부린 거였군.

-그런 것 같습니다.

-흠……. 원상태로 만들어 놓긴 해야 해.

-동감입니다.

버켄의 억지 같은 계획을 뒤로 제쳐 놓더라도 클락을 깨우긴 해야 했다. 지금 상황엔 확실히 중심축이 필요하다.

엘릭서를 들이부으면 깨어나지 않을까?

김성현은 그들을 지나쳐 클락 앞에 쪼그려 앉았다. 인벤토리에 보관되어 있는 엘릭서 두 병을 꺼냈다.

버켄이 한쪽 눈을 찡그리며 물었다.

"뭘 하려고?"

"네 계획과는 별개로 이 노인네를 깨우긴 해야 하잖아."

"엘릭서론 안 돼. 너도 봤잖아?"

사실 동굴로 들어오자마자 회복 계열들이 클락을 집중치료했다. 그러나 병에 걸린 게 아니었기에 나아지는 기미는 조금도 보이지 않았다.

하이 엘릭서라 불리는 엘릭서의 상위 종류도 마찬가지였다. 일시적으로 혈색이 돌아왔지만 금방 창백해졌다.

"그럼 뭐 어쩌자고?"

버켄은 대꾸할 말이 없는지 입을 닫고 김성현을 쳐다봤다.

김성현은 엘릭서의 마개를 따 그의 입에 천천히 흘려보냈다. 동시에 듀란달을 시켜 신성력을 불어넣었다. 은은한 황금빛이 그의 몸을 천천히 맴돌았다.

[띠링! 대상의 육체에 어둠의 파편이 섞여 있습니다.]

[신성력이 무력화됩니다.]

[대상의 육체에 어둠의 파편이 섞여 있습니다.]

[신성력이 무력화됩니다.]

'이게 무슨 개 같은?'

김성현은 눈앞에 뜬 시스템창에 눈살을 찌푸렸다.

어둠의 파편이 대체 뭐란 말인가?

-야, 어둠의 파편이 뭔지 아냐?

-왜요?

-네 신성력이 어둠의 파편 때문에 무력화됐다고 시스템창에 떴거든.

-그러고 보니 흡수가 잘 안 된다고 느껴지긴 했는데 그랬었군요.

-아는 거 없어?

-흠, 어둠의 파편이라……. 그렇게 이름 붙였던 것들이 너무 많아서 잘 모르겠습니다. 이곳에 아는 사람이 하나 정도는 있지 않을까요?

김성현은 고개를 끄덕이고 돌아봤다. 모두들 얼굴에 약간의 긴장이 섞여 있었다.

그들에게 물었다.

"어둠의 파편이 뭔지 아는 분?"

모두 모른다는 얼굴로 서로를 바라본다.

그때였다.

"우리!"
"우리!"

뒤쪽에서 누군가의 목소리가 들려왔다. 그쪽을 보니 사람들 뒤로 뻗은 두 개의 팔이 보였다. 그들은 인파를 헤집고 김성현 앞에 나타났다.

똑같이 생긴 키가 작은 남녀였다. 그들은 싱글벙글 웃으며 뒷짐을 지고 서 있었다. 로젠트 쌍둥이였다.

※ ※ ※

나는 세계를 먹는다.

우주를 떠돌아다니며 무수한 문명을 씹어 삼켰다. 그 어떤 초월자도 나를 막지 못했다.

앞에 놓인 모든 것은 죽음을 기다리는 하루살이와 다르지 않았다.

커다란 팔을 휘두르면 우주가 진동했고, 두 다리를 뻗으면 차원이 팽창했다.

나는 불합리한 존재다. 우주의 법칙을 거스르고 정면을 파괴하는 신이다.

나는 혼돈에서 태어났다. 그곳은 나의 요람이며 모든 것의 시작점이다.

나는 혼돈을 야기한다.

나는 혼돈 속을 헤엄치며 살아가는 망자다. 그리고 지금 이 땅의 모든 것을 집어삼킬 준비가 되어 있다.

※　※　※

"준비가, 끝났, 다."

어색한 인간의 말이 카오틱 구울의 입에서 튀어나왔다.

아까 전까지 싸운 인간이란 종족의 언어 패턴을 분석하여 습득한 것이다.

카오틱 구울은 모든 분열체를 다시 모았는데도 처음처럼 거대한 덩치를 자랑하지 않았다. 오히려 176센티라는 크지도, 작지도 않은 성인 남성 수준의 키가 되었다.

근육도 다부지지 않아 젓가락 같았다. 새까만 신체는 왠지 늘어져 보이는 착각마저 들었다.

그는 멀지 않은 곳에서 느껴지는 묘한 기운이 있는 곳으로 이동했다.

그곳엔 거대한 동굴이 있었고, 묘한 기운이 입구를 막고 있었다. 안에선 아무것도 느껴지지 않는다.

세상에서 가장 의심스러운 곳을 찾으라면 아무것도 느껴지지 않는 곳을 선택할 것이다.

그 어떤 생물도 그의 기감에서 도망칠 수 없었다. 저 장막 너머에 분명 인간들이 숨어 있을 것이다.

카오틱 구울이 흘러내리는 입술로 미소를 그렸다.

뚝! 뚝!

손가락 끝에 맺힌 검은 액체가 바위 위로 떨어지자 산성이 얼마나 강한지 그대로 뚫고 바위 안으로 사라졌다.

"세상에 아무, 것도 느껴지지 않는 곳은, 없다."

말하는 도중에도 언어 수준이 더 높아져 간다.

카오틱 구울은 가볍게 바위를 박차고 뛰어올랐다.

액체로 이루어진 피부가 시간이 지날수록 비 내린 후의 흙바닥처럼 단단해져 갔다.

동굴 입구 앞에 착지했을 땐 더 이상 늘어지는 듯한 피부는 없었다. 나무껍질을 연상시키는 피부는 광택이 흐를 정도로 단단해 보였다.

그는 입구를 덮은 어둠의 장막 위로 손을 올렸다. 수면 위로 파문이 일듯 미약한 파동이 장막을 훑고 지나갔다.

"잘 만들었군. 솜씨 좋은 자가 분명해."

더 이상 끊어 말하지 않았다. 진짜 사람처럼 깔끔하게 말했다. 인간의 언어 패턴이 머릿속에서 완벽하게 공략된 것이다.

이곳에 인간들이 있는 건 분명하다. 그렇다면 자신이 '어둠의 파편'을 심어 놓은 인간도 있을 터.

초반부터 자신을 시간과 함께 얼려 버렸던 장본인.

이름은 모른다. 외형은 조금 늙었다는 것만 안다. 그래 봐야 자신의 반도 못 산 애송이겠지만, 인간의 수명이 짧다는 건 알고 있었다.

중요한 건 그런 게 아니었다. 어둠의 파편이 박힌 인간은 끝없이 좌절하고 절망한다. 그리고 그 최후는 죽음보다 끔찍한 혼돈이었다.

인간들이 절대 눈치채지 못하게 심어 놨다. 일말의 복선조차 없었다.

주먹을 말아 쥐었다. 단단한 피부가 갈라지는 소리가 들렸다.

"잘 먹겠습니다."

식사 인사와 함께 그의 주먹이 어둠의 장막을 강타했다.

※ ※ ※

로젠트 쌍둥이는 오랜 세월을 산 것과는 무관하게 어린 외모를 가지고 있었다. 대충 열다섯 정도는 되어 보였다.

김성현은 의심스러운 눈초리로 물었다.

"너희가 안다고?"

"응!"

"완전 잘 알지!"

"어둠의 파편이란 게 뭔데?"

"어둠의 파편은 그거야! 그거!"

"그거지! 그거!"

순간적으로 울컥하고 욕이 튀어나올 뻔했다.

가뜩이나 심각한 상황에 농담 따먹기나 하고 있을 여유는 없었다.

김성현이 날카롭게 뜬 눈으로 두 사람을 노려보았다.

"장난칠 때가 아니야. 모르면 그만 꺼져."

"말이 너무 험한걸?"

"그러게! 꼬맹이 자식이!"

로젠트 쌍둥이는 그렇게 말하면서도 서로를 보며 꺄르륵 웃었다.

신적인 존재들이 저마다의 개성을 가지고 있다는 건 알고 있었다. 그런데 이 녀석들은 조금 심하다. 상황을 제대로 인지하지 못하는 건지, 아니면 외모만큼이나 정신연령이 어린 건지 모르겠다.

설명해 줄 다른 사람이 필요할 것 같다.

"다른 사람 없어?"

"우리가 안다니까?"

"왜 우리 무시해?"

-이 애들은 예전부터 이랬어요. 정말 피곤한 꼬맹이들입니다.

머릿속에서 울리는 듀란달의 말에 한숨을 푹 쉬었다.

수천 년 동안 일관되게 살아온 모양이었다. 그 점은 칭찬하지만 지금은 아니다.

김성현은 이마에 혈관이 돋는 걸 간신히 참아 내고 두 사람에게 말했다.

"알고 있으면 말을 하라고."

"지금 화를 내는 거야?"

"진짜 화를 내는 거야?"

"이것들이!"

김성현이 화를 참지 못하고 터트리려는 순간 멀덴이 그의 앞을 가로막았다.

"멀덴?"

"멀덴이다!"

"멀덴! 몸은 좀 괜찮아졌어?"

"여긴 나에게 맡겨라, 김성현."

"그, 그래."

멀덴의 인자한 말투에 얼떨결에 대답하고 말았다.

차라리 잘되었다. 로젠트 쌍둥이와 대화하다간 탈모가

올 것이다.

　김성현은 한발 물러나 상황을 지켜봤다.

"그래, 너희가 알고 있다고?"

"응! 아주 잘 알고 있지!"

"우린 아주 똑똑해! 그치?"

"그치!"

　쌍으로 저러니 두 배는 더 화가 치솟았다.

　바로바로 말해 주면 어디가 덧나나? 아니면 상황 파악 능력이 심각할 정도로 떨어지나?

　김성현이 뒤에서 이를 갈고 있을 때 멀덴이 온화한 얼굴로 로젠트 쌍둥이를 쓰다듬었다.

"그건 여기 있는 모두가 알고 있지. 천재 소리는 예전부터 많이 들어 왔잖아. 그렇지?"

"맞아!"

"역시 멀덴이 최고야!"

　김성현은 멍한 표정이 되었다. 멀덴에게 저런 면이 있는 줄은 몰랐다.

　듀란달도 마찬가지인지 헛웃음까지 터트렸다.

[허허……. 저희가 아는 그 멀덴이 맞습니까?]

　강직하고 우직한 성격의 대명사가 바로 멀덴이었다. 불의와 타협하지 않고, 적으로 인지한 대상은 죽음을 무릅쓰고 덤벼들었다.

그런데 지금 모습은 아이들이 믿고 따르는 학교 선생님 같지 않은가?

멀덴은 로젠트 쌍둥이를 다독이며 원하는 답을 이끌어 냈다.

"참, 어둠의 파편 말인데, 너희가 좋아하는 클락이 지금 위독하잖아. 알고 있지?"

"물론!"

"그래서 아이린은 너무 슬퍼. 히잉……."

"괜찮아. 너희가 도와주면 건강해지실 수 있으니까."

"뭔데? 뭔데?"

"알려 줘! 돕고 싶어!"

정말 '이거 실화냐?'라는 말밖에 안 나온다.

김성현은 어이가 가출할 지경이었다.

자신이 어둠의 파편에 대해 물을 땐 안다고만 하고 계속 대답하지 않던 그들이었다.

사람을 차별하는 건 아닌 것 같다. 그냥 멀덴이 좀 더 그들의 감정을 잘 이끌어 냈을 뿐이다.

겉모습도 어려 보이지만 정신연령은 그보다 더 어린 쌍둥이다.

몇천 년을 살아온 거라면 정신머리는 어느 정도 성숙해야 되는 게 정상 아닌가?

김성현은 그들을 이해할 수 없었지만 그것과는 별개로 멀덴의 일 처리에 혀를 내둘렀다.

"그럼 어둠의 파편이라는 게 뭐야? 지금 클락의 몸에 그게 있대."

"진짜? 그거 되게 위험한데……."

"죽는 걸로 안 끝날 거야."

"뭔지 알려 줄 수 있어?"

"응! 그건 우주에서 아주 희귀하게 발견되는 광물의 파편이야. 온통 까만색으로 이루어져 있는데, 근처에 있는 것만으로도 어지간한 신적 존재는 정신을 버티지 못하고 심한 우울증에 빠지게 돼!"

"무엇보다 광물의 파편이 몸속에 들어가게 되면 우울증 정도로 끝나는 게 아니야. 끝없는 좌절과 절망을 느끼며 결국엔 의식이 혼돈으로 빨려 들어가게 돼."

"그렇게 되면 몸은 살아 있지만 영원히 의식을 되찾지 못하는 식물인간이 되지."

"참! 그 광물은 신성력의 천적으로 꺼내려면 외과술을 사용하든가, 마기를 이용해야 해."

로젠트 쌍둥이의 입에서 나온 말은 경악 그 자체였다. 멀덴도 사태의 심각성에 표정이 좋지 못했다.

클락의 몸에 언제 그런 게 들어갔는지 모르겠지만 이대로 놔두다간 죽은 것과 다름없게 된다.

김성현은 다시 클락 앞에 앉아 가슴에 손을 올렸다. 마력을 일으켜 조심스럽게 그의 체내로 흘려보냈다.

아주 섬세하게 실타래 풀듯 펼친 마나의 선을 몸 전체로 퍼트렸다.

마기를 사용할 순 없으니 마력으로 어둠의 파편의 위치를 찾아낼 생각이었다. 그래야 외과 수술을 하든, 뭘 하든 할 것이다.

그의 옆으로 회복 계열의 조직원들이 다가왔다. 그중에 생살을 가르는 수술을 집도해 본 이는 없었다. 하지만 그들은 모두 회복 계열로 대신급 반열에 오른 능력자들이다.

감았던 김성현의 눈이 번뜩 떠졌다.

"찾았다! 심장 아래쪽에 위치해 있고, 정확히는 우심실에서 2센티 정도 떨어진 곳이다."

"우리에게 맡겨라."

김성현은 고개를 끄덕이고 마력을 회수했다. 이들의 실력을 믿어 보는 수밖에 없다.

4명의 인원이 클락을 둘러싸고 앉았다. 그들의 머리 위로 신비한 문양이 그려지더니 신성한 힘이 그들이 있는 곳을 둥글게 감쌌다.

[치료의 방이라는 기술입니다. 상당히 수준 높은 회복 계열의 기술로, 저 안에 있는 자들은 모두 평소보다 세포 활성화 속도가 2.5배 증가합니다.]

"놀랍군."

[저 중 파란 가운을 입고 있는 자가 한때 회복의 신의 자리를 위협했을 정도로 뛰어난 실력을 가지고 있습니다. 롤랑과도 몇 번 임무를 수행한 적이 있었는데, 상당히 대단한 자입니다.]

듀란달이 인정할 정도라면 실력은 확실할 것이다. 그들이 잘 해내길 기도할 뿐이다.

모두가 수술 과정을 지켜보고 있을 때였다.

퐈앙!

입구 쪽에서 커다란 굉음이 들려왔다.

모두가 반사적으로 시선을 돌렸다.

검은 장막에 커다란 구멍이 뚫렸다. 그곳엔 온통 검은 몸을 가진 존재가 서 있었다. 처음 보는 얼굴이었지만 왠지 익숙한 느낌이었다.

가장 먼저 그의 정체를 눈치챈 것은 버켄이었다. 그는 어둠의 낫을 쥐고 모두에게 소리쳤다.

"카오틱 구울이다!"

순식간에 웅성거림이 동굴 전체를 잠식했다.

모두가 각자의 무기와 기운을 일으킨 것은 거의 동시에 벌어진 일이었다.

 김성현은 고민하지 않고 카오틱 구울 앞으로 공간 이동을 사용했다. 듀란달의 신성력을 일으켜 놈의 목을 칠 작정으로 휘둘렀다.

 깡!

 [이런!]

 김성현의 눈이 휘둥그레졌다. 듀란달로 후려쳤는데도 피부엔 실금조차 가지 않았다.

 카오틱 구울이 조소를 머금고 말했다.

 "간지럽군."

 검은 주먹이 보이지 않는 속도로 움직였다. 김성현의 가슴에 꽤나 깊은 주먹 자국이 새겨졌다.

 "쿨럭!"

 뒤로 밀려나거나 하진 않았다. 그저 한쪽 무릎을 꿇고 역류하는 피를 토해 냈을 뿐이다.

 [주인님!]

 "크아아압!"

 듀란달의 외침과 함께 버켄의 낫이 카오틱 구울의 눈동자를 찍었다. 눈동자는 단단하지 않아 거침없이 꿰뚫렸고, 낫은 놈의 뇌까지 도달했다.

카오틱 구울은 천천히 손을 들어 낫을 붙잡았다. 어둠으로 이루어져 있어 차가운 촉감은 느껴지지 않았다.

"가짜로군."

분명 뇌가 뚫렸는데도 그는 평소와 다름없었다. 되레 낫을 쥔 손에 힘을 주자 어둠이 허공으로 흩어졌다.

"도망쳐라!"

뒤에서 멀덴의 외침이 들려왔고, 버켄은 곧장 뒤로 몸을 빼려 했다. 그러나 그보다 훨씬 빠른 속도로 카오틱 구울의 아귀가 멱살을 움켜쥐었다.

뒤에서 사람들이 몰려와 카오틱 구울을 공격했다. 각종 마법과 신묘한 힘이 그를 타격했다.

광괴 의령이 그림자 같은 움직임으로 그의 지척에서 권(拳)을 내질렀다.

"크억!"

의령의 손목이 꺾이며 팔목 뼈가 나갔다.

믿을 수 없는 일이었다. 의령의 뼈는 금강석보다 단단했고, 근육은 무엇이든 파괴할 수 있었다. 그런데 근육과 뼈가 동시에 무너졌다. 고작 주먹 한 번 내지른 것뿐인데!

의령은 손목을 쥐고 인상을 찌푸렸다. 일단 뒤로 물러나야 한다.

그 생각을 하고 백 스텝을 밟는 순간,

서걱!

의령의 목이 날아올랐다.

아직까지 일어서지 못한 김성현은 그의 머리가 바닥에 떨어지는 걸 지켜봤다.

카오틱 구울이 말했다.

"맛없다."

❋ ❋ ❋

압도적인 광경에 모두가 할 말을 잃었다.

먹살이 붙들린 버켄은 방금 전 상황에 몸이 얼어붙은 것처럼 경직되었다.

광괴 의령의 머리가 갑자기 하늘로 튀어 올랐다. 백 스텝을 밟던 몸은 실 끊어진 인형처럼 추하게 넘어졌다.

의령은 주먹 하나로 동방의 최강자를 거쳐 요툰까지 오른 강자였다. 그의 일권은 태산을 가르고, 그 너머에 있는 대해까지 증발시켰다. 굵은 뼈와 단단한 근육은 오러조차 통하지 않았으며, 궁극에 이른 마법조차 치명상을 입힐 수 없었다.

그런데…….

카오틱 구울이 손끝에 묻은 피를 털어 냈다.

저 손이 의령의 목을 갈랐다. 너무 손쉽게 말이다. 믿을 수 없는 광경이었다.

김성현은 아직 싸움 중인 듯 일그러진 의령의 얼굴을 보며 몸이 떨리는 걸 느꼈다. 그는 마지막 순간에도 자신이 죽는 것을 몰랐다.

[위험합니다!]

그때였다. 카오틱 구울의 발이 턱을 향해 날아왔다.

김성현은 아직 회복되지 않은 몸을 공간 이동으로 피했다. 정신이 흔들린 탓에 바닥을 나뒹굴었다.

그러나 멀쩡하지 않다고 가만히 있을 때가 아니다. 그는 곧장 자리에서 일어나 듀란달을 양손으로 쥐었다.

본능에 가까운 행동이었다. 몸이 갑작스러운 반응에 적응하지 못했는지 한 번 휘청였다.

카오틱 구울의 시선이 김성현에게 꽂혔다. 그의 손엔 아직 버켄이 들려 있었다.

순간 그의 목이 허공으로 떠오르는 모습이 보였다.

김성현이 눈을 한 번 깜빡였다. 버켄의 목은 아직 그대로 붙어 있었다.

순간적으로 환각을 본 모양이었다. 그만큼 의령의 죽음을 눈앞에서 목격한 트라우마가 큰 것일까?

'놈에 대한 공포가 이미 날 집어삼킨 건가?'

저 작은 체구에서 모든 걸 잡아먹을 듯한 기세가 뿜어져 나온다. 모두가 밀랍 인형처럼 굳었다.

카오틱 구울의 입가에 옅은 미소가 지어졌다.

아무것도 하지 않는 먹이들. 비록 방금 먹은 녀석은 맛이 없었지만 이 중에 자신을 만족시킬 인간이 하나쯤은 있을 것이다.

"일단 손에 든 것부터 먹어야겠지."

그의 팔이 몇 개의 잔상으로 나뉘어졌다. 버켄은 급하게 팔을 들어 막으려 했지만 절대 막지 못한다.

그 순간이었다. 망치 하나가 그 틈을 파고들었다.

까아아아앙!

카오틱 구울의 손날을 막아 낸 망치가 박살 나며 파편이 허공으로 비산했다.

멀덴의 주먹이 놈의 턱을 가격했다. 하지만 살짝 돌아갈 뿐 피해는 없어 보였다.

[손을 놔라!]

멀덴이 언령을 사용했다.

카오틱 구울은 전신을 압박하는 힘에 다리를 땅에 박고 온몸으로 버텼다.

기간테스 종족과 달리 놈은 언령에 취약한 듯 보였다. 확실하진 않지만 약점이 발견된 순간이었다.

허쉬에 속한 자들은 모두 언령의 사용자다. 그들이 일제히 카오틱 구울을 향해 언령을 사용했다.

 [죽어라!]

 수십 개의 죽음이 담긴 언령이 카오틱 구울을 짓이겼다.

 버켄은 약해진 아귀힘을 억지로 풀어내고 뒤로 피신했다. 그러곤 똑같이 언령을 사용했다.

 [증폭!]

 그가 사용한 언령은 살해 언령이 아니었다. 다른 이들의 살해 언령의 위력을 증폭시키는 언령이었다!

 "크으으윽……!"

 김성현은 카오틱 구울의 한쪽 무릎이 꿇어진 걸 보았다.

 승리의 여신이 인류 쪽으로 기울었다. 그런데 뭔가 이상했다.

 -이 정도로 언령의 면역력이 낮았었나?

 -……저도 그 부분이 이상하다 생각하고 있었습니다.

 놈과 인류는 지금 처음 싸우는 게 아니다. 불과 몇 시간 전에 허쉬의 절반을 잃을 정도로 참혹한 전투를 벌였다. 그 전투에서 언령은 분명 자주 사용되었다.

 막강한 힘이었고, 우주적 존재에게 저항할 수 있는 몇 안 되는 수단이었으니까.

 -힘이 한곳에 집중된 상태라 그런 걸 수도 있겠지만…….

-뭔가 이상합니다! 지금 빨리 처리하셔야 합니다!

듀란달의 의견에 고개를 끄덕였다.

자신의 촉은 의외로 잘 맞는다. 만약 지금의 촉이 사실이라면 곧 엄청난 위험이 불어닥칠 것이다.

조금이라도 카오틱 구울의 움직임에 제약이 걸렸을 때 끝내야 한다.

3할의 무지갯빛 기운을 일으켰다. 이 힘은 슈퍼노바에게도 통했다. 이번에도 분명 통할 것이다.

무지갯빛 기운을 듀란달에 두르고 가지고 있는 모든 힘을 중첩시켰다. 살해 언령이 폭포처럼 쏟아지고 있는 곳을 향해 몸을 날렸다.

가장 먼저 에어리어 룰러를 발동시킨 뒤 놈의 움직임에 모든 제약을 걸었다. 그다음 가속을 사용했다.

벨트에 담긴 디버프 스킬을 모조리 퍼붓고, 한껏 강화된 번개를 검끝에 응축시켰다.

마지막으로 두 개의 강화 스킬을 동시에 사용했다.

몸은 치료를 받은 덕분에 최상의 상태가 되었다. 무리는 없을 것이다.

한 가지 아쉬운 점이 있다면 보너스 포인트를 올리지 않았다는 것이다. 비록 전력에 큰 차이는 없다지만 지금 상황에선 티끌이라도 간절하다.

'이미 늦었어! 지금에 집중한다!'

한 번 더 한계를 돌파했으면 좋겠지만 특정한 계기가 없다면 그건 어려울 것 같다.

김성현은 세상이 느려 보일 정도로 빠르게 움직였다. 섬광이 잔상처럼 허공을 가로지르며 아까처럼 목을 향해 검을 휘둘렀다.

이번엔 벨 수 있다. 완전히 잘라 낼 순 없어도 전투 불능의 상태론 만들 수 있다. 자신 있다.

반드시 죽여야만 한다. 이곳에서 막힐 수 없다. 해야 할 일이 많다.

"죽어어어어어어!"

콰르르르르릉!

요란한 천둥소리와 함께 응축된 뇌구(雷球)가 터졌다.

듀란달의 검신이 무지갯빛으로 물들었다. 그곳에 있던 모든 사람이 눈부신 빛을 피해 고개를 돌렸다.

콰드득!

놈의 각질 같은 피부가 갈라지는 소리가 들렸다.

된다! 분명 된다!

"으아아아아!"

검이 놈의 살갗을 파고든다. 김성현의 근육이 부풀다 못해 찢어져 피부 위로 피가 흘러나왔다.

멀덴은 놀란 얼굴로 그 광경을 지켜보고 있었다. 귀걸이가 짤랑 소리를 내며 흔들렸다.

무지갯빛 기운이 황금빛으로 물든다. 듀란달의 칼날에서 수만 도에 이르는 열기가 뿜어져 나왔다.

"크윽!"

쥐고 있는 김성현마저 열기를 버티기 힘들었다.

그때 카오틱 구울의 손이 칼날을 붙잡았다. 황금빛을 뚫고 밤하늘보다 어두운 두 개의 어둠이 나타났다.

머릿속에서 수많은 생각이 떠오르다 거짓말처럼 공백이 되었다. 그리고 그 공백 위로 누군가 떠올랐다.

그것은 절대적인 공포였으며, 살아 있는 절망이었다. 카오틱 구울이 비웃는 얼굴로 머릿속에서 자신을 보고 있었다.

"아아……."

[주인님!]

듀란달이 애타게 김성현을 불렀지만 이미 그의 의식은 아득한 곳으로 빨려 들어갔다.

멀덴이 언령을 유지한 채 그곳으로 달려왔다. 듀란달을 밀어낸 카오틱 구울의 주먹이 그를 향해 움직였다.

"큭!"

본능에 가깝게 팔을 교차시킨 멀덴은 그 위로 꽂힌 주먹에 수십 미터를 날아가 벽에 처박혔다.

양팔의 뼈가 부러진 듯했다. 그는 인상을 구긴 채 모두에게 소리쳤다.

"김성현을 구해야 한다!"

음소거가 되어 있는지 모두 꼼짝도 하지 않는다.

멀덴은 벽을 타고 굴러떨어진 몸을 바로 일으켰다. 그의 동공이 파르르 떨렸다.

김성현의 머리가 카오틱 구울의 손에 들려 있었다. 다행히 목이 잘리진 않았는지 몸은 그대로 붙어 있었다.

아니, 이걸 다행이라고 할 수 있을까?

그에게서 영혼이 느껴지지 않는다. 육체는 빈껍데기나 다름없었다. 그렇다면 영혼은 어디에……?

"설마……?"

입 안에서 뭔가를 우적우적 씹고 있는 카오틱 구울이 보였다. 그는 굉장히 행복한 얼굴을 하고 있었는데, 뭔가를 목구멍으로 넘긴 후 밝은 목소리로 말했다.

"이 녀석은 맛있군."

* * *

김성현은 어둠 속을 헤매고 있었다.

"아니, 여긴 어디야?"

아까 전만 해도 카오틱 구울의 목을 베기 위해 노오오력을 하고 있었다.

그런데 황금빛을 뚫고 나타난 두 개의 어둠을 본 순간 의식이 멀어졌다. 그리고 깨어난 곳이 바로 이곳이었다.

다행히도 완전히 어둡진 않았다. 간간이 어디선가 흘러 들어 오는 빛이 주변 광경을 비춰 주었다.

굉장히 축축하고 습한 동굴이었다. 바닥엔 물웅덩이가 제법 많았으며, 곰팡이 썩은 내가 진동했다. 천장에서 떨어지는 물방울은 위로 물이 흐른다는 증거였다.

과연 여긴 어디일까?

"옷도 하나 없고 말이야."

김성현은 현재 나신의 상태였다. 단단한 근육질의 몸매와 우람한 자신의 보물을 본 그는 상황에 어울리지 않게 만족스런 얼굴이 되었다.

일단 걸음을 옮겼다. 동굴이라면 분명 끝이 있을 것이다.

그렇게 5시간 정도 걸었을까. 저 멀리 입구로 보이는 듯한 곳에서 빛이 흘러 들어오고 있었다.

김성현은 계속되는 어둠에 갑갑한 상태였다. 빛이 보이자 뒤도 안 돌아보고 그곳으로 달려갔다.

그리고 입구 바깥으로 나가려는 순간,

"으아아아!"

투두둑!

발끝에 밀려난 돌 조각들이 밑으로 떨어져 내렸다. 바닥이 보이지 않는 엄청나게 높은 절벽이었다.

김성현은 벽을 짚고 주변을 둘러보았다.

"미친!"

엄청난 넓이의 구멍이었다. 회백색의 절벽은 넓은 동심원을 그리고 있었다.

이름 모를 꽃과 녹색 풀들이 곳곳에 자라 있다. 절벽을 뚫고 자라난 나무들은 기이한 형태로 꺾여 황량해 보일 법한 이곳을 장식하고 있었다.

절벽엔 김성현이 있는 곳 말고도 수백 개의 구멍이 나 있었다.

이곳은 대체 어디란 말인가?

"날아서 갈 수도 없고."

동굴에서 정신을 차린 순간 그는 자신의 몸을 점검했다.

몸뚱이 자체는 멀쩡했다. 다만 이능에 속하는 힘을 사용할 수 없었다. 지금의 그는 튼튼하기만 한 성인 남자였다.

김성현은 한참을 고민하다 암벽 등반을 하기로 결정했다.

아래는 밑이 보이지 않을 정도로 까마득하지만 위까진 그리 높아 보이지 않았다.

사실 이건 상대적인 차이였으므로, 실제로 위까진 대략 수십 킬로미터는 되어 보였다.

그는 자신의 체력을 믿어 볼 생각이었다.

규칙적으로 나 있는 구멍을 잘 이용하면 불가능하지만은 않다. 식사가 문제긴 하지만 풀을 뜯어 먹으면 어떻게든 버틸 수 있을 것이다.

"젠장……. 어쩌다 이렇게 된 거야?"

김성현은 육두문자를 내뱉으며 튀어나온 암석을 붙잡았다. 그렇게 암벽 등반이 시작되었다.

✷ ✷ ✷

며칠이나 지났을까?

김성현은 거의 줄어들지 않은 거리를 확인하며 드러누워 있었다.

위에 위치한 구멍을 총 20번 지났다. 느낌상 대략 10킬로미터는 넘게 등반했다.

이것만으로도 인간을 한참 초월한 상태긴 했지만 목적지는 아직도 까마득하다.

그는 거친 숨을 토해 내고는 암벽을 오르며 뽑아 온 풀을 씹었다. 쏩쓸한 맛에 눈살이 찌푸려졌지만 살기 위해선 먹어야 한다.

'하지만 풀만 먹고 살 수는 없어.'

단순히 맛을 떠나 영양분의 문제였다. 3대 영양소를 골고루 섭취하는 건 바라지도 않는다. 적어도 힘을 쓸 수 있는 만큼은 필요했다.

동굴 안에 먹을 게 좀 있지 않을까 하는 생각이 들었다.

팔다리가 아직도 후들거리지만 꾹 참고 안으로 들어갔다. 안에 벌레 한 마리라도 있길 간절히 기도했다.

동굴은 역시나 어두웠다. 어디서 들어오는지 모를 빛 덕분에 앞 정도는 보였지만 그게 끝이었다.

'청각에 의존하는 수밖에 없어.'

김성현은 제자리에 서서 눈을 감았다.

모든 감각을 청각에 집중시켰다. 얼마나 가능할지는 모르겠지만 미세한 벌레의 발소리라도 들리길 바랄 뿐이다.

입구로 향하는 바람 소리가 들린다. 그런 바람 때문에 작은 돌이 구르는 소리도 들린다.

바닥으로 떨어지는 물방울 소리, 동굴 깊은 곳으로 퍼져 나가는 메아리.

그리고,

차작!

멀지 않은 곳에서 들려온 무언가의 발소리.

김성현의 입가에 미소가 번졌다. 그는 그곳으로 걸음을 옮겼다.

잘하면 허기를 채울 수 있겠다.

※ ※ ※

김성현은 처음 보는 애벌레를 으적 씹었다. 녹색 피가 손가락을 타고 흘러내렸다. 불을 피울 수 있는 상황이 아니라 생으로 먹을 수밖에 없었다.

맛은 굉장히 역했고, 식감은 끈적거렸다. 녹색 피는 접착성이 꽤 강한지 입술을 벌리는 것도 쉽지 않았다.

하지만 먹어야 한다. 비위가 상할지라도 이곳을 탈출해야 뭐라도 할 수 있다.

"그런데 난 왜 여기서 이렇게 고생하고 있는 거지?"

이곳에서 눈을 뜬 지 아직 하루도 지나지 않았다. 몇 시간 전의 기억은 생생해야 정상이었다.

아무것도 기억나지 않는다. 누군가 의도적으로 기억을 지우는 것처럼 이곳에 오게 된 경위가 떠오르지 않았다.

"어제 뭘 했더라?"

계속 절벽을 올랐던가?

이곳에 며칠 동안 지냈을 수도 있겠다. 아니, 며칠이 아닐 수도 있다. 몇 개월, 혹은 몇 년.

이전 기억이 없으니 얼마나 지냈는지 감이 오지 않았다. 머리카락이 짧은 걸 보면 오래 안 있었던 것 같은데.

'내가 직접 깎은 것일 수도 있잖아?'

머리 길이로만 단정할 순 없다.

김성현은 턱수염을 확인하기 위해 손을 턱으로 가져갔다. 턱이 굉장히 끈적하다. 손가락에도 알 수 없는 녹색 액체가 끈끈이처럼 늘어져 있다.

"이건 뭐야?"

불과 5분 전에 먹은 애벌레의 체액이었다.

그러나 기억나지 않는다. 치매 환자보다 빠른 속도로 그는 과거를 잃어 가고 있었다.

김성현은 입구로 걸어갔다. 이곳엔 밤이 없는지 어둠이 찾아오지 않았다.

"몇 시간이나 쉬었더라?"

이상하게 몸에 활력이 생긴 것 같다. 많이 쉰 모양이다. 그럼 다시 움직여야 한다.

김성현은 뇌의 상태가 이상해진 걸 깨닫지 못했다. 현재 그의 뇌는 알 수 없는 힘에 맛이 간 상태였다.

동심원의 형태로 둥글게 펼쳐진 회백색의 절벽.

이곳은 끝없는 망각과 생명체의 정신을 왜곡하는 힘을

가지고 있었다.

그런 곳에서 평범한 인간보다 좀 더 특별할 뿐인 김성현이 적응할 수 있을 리 없었다.

그는 암벽을 타고 다시 위로 올라갔다. 저 멀리 보이는 까마득한 정상을 향해 팔을 뻗었다.

❈ ❈ ❈

카오틱 구울은 눈살을 찌푸리며 잘린 자신의 오른팔을 보았다.

김성현의 영혼을 씹어 먹는 순간 그의 아공간이 저절로 열리며 기분 나쁜 검은 구슬이 튀어나왔다.

검은 구슬은 끔찍한 힘과 함께 촉수를 끄집어내 자신의 팔을 앗아 갔다.

동시에 기이한 무언가가 배 속으로 들어갔을 김성현의 영혼을 흡수했다. 그러곤 구슬에서 초소형의 블랙홀이 만들어졌고, 강력한 인력을 일으켜 스스로를 소멸시켰다.

그 과정이 고작해야 5초 만에 벌어졌다.

"크아아아아아!"

화가 났다. 머리털이 곤두서며 검게 물든 두 눈에서 푸른 빛의 동공이 만들어졌다.

멀덴은 흠칫 몸을 한 번 떨고 돌진했다.

[멈춰라!]

카오틱 구울의 몸이 일시적으로 멈췄다. 멀덴은 힘을 실은 주먹을 곧게 뻗었다.

꽝!

도저히 주먹으로 뭔가를 때렸을 때 나는 소리가 아니었다. 흡사 대형 종을 친 듯했다.

카오틱 구울은 자신이 5미터 정도 뒤로 밀려났다는 걸 깨달았다.

약해진 것인가?

"그럴 리 없다."

잘린 팔 부분에서 검회색의 두터운 뼈가 튀어나오더니 신경, 혈관, 근육, 지방, 피부 순으로 재생되었다.

재생된 주먹을 쥐었다 폈다 했다. 감각은 금방 돌아왔다.

지금까지 가만히 있던 인간들이 동시다발적으로 움직였다. 언령만으론 죽일 수 없다 판단했는지 언령과 함께 고유의 힘을 섞어 사용했다.

카오틱 구울은 자신의 몸을 때리는 무수한 힘에 인상을 썼다.

거대한 우주에서 보자면 보잘것없는 녀석들이다. 한 끼 식사거리에 불과한 벌레들이다!

크아아아아아!

카오틱 구울이 사자후를 터트렸다.

"크윽!"

"젠장! 정신 집중이……!"

"괴물! 괴물 녀석!"

놈의 사자후는 그들의 정신을 헤집어 놓기에 충분했다. 그러나 그중엔 사자후가 통하지 않는 이도 있었다.

각종 아티팩트로 소리를 차단한 밀레는 모두에게 버프를 검과 동시에 카오틱 구울을 공격했다.

[희망의 꿈:글로리 드림(Glory Dream)]

[파멸의 화살:디스트럭션 커즈 아이(Destruction Curse Eye)]

금색과 은색이 뒤섞인 빛이 사람들의 머리 위를 스쳐 지나갔고, 징그러운 눈알이 달린 보랏빛 화살이 카오틱 구울을 향해 쏘아졌다.

가장 먼저 정신을 회복한 마잭이 4대 속성의 정령왕과 싱크로 퓨전을 하고 그 힘을 직접 휘둘렀다.

불, 물, 바람, 흙이 뒤섞인 돌풍은 단단한 카오틱 구울의 피부에 균열을 일으켰다.

"크윽!"

무슨 일이 벌어진 건진 모르겠지만 놈은 확실히 약해졌다. 그 생각이 모든 사람들의 머리에 떠올랐다.

델리가 시공간을 비틀어 카오틱 구울의 감각을 속였다.

플리레의 꽃냄새가 그를 중독시켰고, 로젠트 쌍둥이의 파공장(波空掌)이 그의 가슴을 때렸다.

에밀리야는 카오틱 구울의 가슴 부위에 '집중점'을 만들어 강하게 왜곡시켰다. 가슴 피부가 갈라지며 속살을 드러냈다.

'가능하다!'

멀덴은 진심으로 그렇게 생각했다.

이곳에 처음 나타났을 때만 해도 말도 안 되는 강함을 자랑했다. 버켄의 멱살을 손쉽게 잡았으며, 의령의 단단한 근육과 뼈를 뚫고 참수했다.

모든 힘을 쏟아부어도 제대로 된 타격이 들어가지 않았으며, 벽을 치고 있는 것 같은 착각마저 들었다.

지금은 다르다. 멀덴은 한 번 더 놈의 지척까지 접근해 이번엔 돌려차기를 사용했다.

휘릭!

휘파람 같은 소리가 들려오며 바람을 가른 그의 다리가 정확히 카오틱 구울의 턱을 가격했다.

놈의 몸이 위로 붕 떠올라 대각선 방향으로 날아가 벽에 처박혔다.

이건 된다!

버켄이 상기된 얼굴로 놈을 향해 날아올랐다. 어둠의 낫이 하늘까지 닿을 정도로 거대해지더니 한 손으로 쥘 수 있을 정도로 압축되었다.

[시간 정지:타임 스톱(Time Stop)]

델리의 두 눈동자에 시계의 형상이 그려졌다. 카오틱 구울의 주변에 이질적인 현상이 벌어지더니 놈의 시간이 정지했다. 버켄에게 기회를 마련해 준 것이다.

버켄은 지금까지 아공간에 집어넣어 놨던 아셉트의 지팡이를 꺼냈다. 시리도록 차가운 냉기가 흘러나왔다.

"이거라면 된다……!"

어둠의 낫 위로 지팡이를 얹자 어둠이 얼어붙기 시작했다.

[어둠의 낫:다키스트 시클(Darkest Sickle)]

[아셉트의 지팡이:극빙(極氷):앱솔루트 제로]

[합체기:소울 프로즌 시클(Soul Frozen Sickle)]

영혼을 얼리는 낫이 멈춰 버린 시간을 관통해 카오틱 구울의 심장에 박혔다.

그다음 낫을 아래쪽으로 길게 내렸다. 각질 같은 피부가 갈라지며 함께 갈라진 장기가 고스란히 드러났다.

낫을 뽑아 든 버켄이 이번엔 오른쪽 폐 위로 휘둘렀다. 한 번 더 낫을 밑으로 내려 놈의 가슴을 가르고 낫을 뽑았다.

마지막으로 목을 벨 것이다.

우악스럽게 카오틱 구울의 머리를 붙잡고 초승달처럼

휘어진 낫의 날에 놈의 목을 걸었다.

[이제 진짜 죽어라.]

언령이 실린 낫이 카오틱 구울의 목을 갈랐다.

"크헉……!"

갈랐어야 했다.

"이제까지 재미 좀 봤나?"

카오틱 구울의 시간은 완전히 멈춘 상태다. 델리의 상태도 멀쩡했다. 그런데 왜?

"어, 어떻게 움직이는……."

버켄은 심장을 관통한 카오틱 구울의 팔을 보며 말했다. 역류하는 피를 참을 수 없어 그대로 쏟아 냈다.

카오틱 구울은 목에 걸린 낫을 쥐는 것으로 박살 내고 자리에서 일어났다. 그러곤 버켄의 얼굴을 큼직한 손으로 붙잡았다.

모두가 믿을 수 없다는 표정으로 보고 있다. 같잖았다.

"고작해야 차원 단위에서 노는 놈들이 날 너무 우습게 봤군."

갈라진 몸 사이로 흘러내리는 장기가 시간을 역행하듯 안으로 빨려 들어가더니, 상처가 거짓말처럼 사라졌다.

버켄은 빠르게 죽어 가고 있었다.

멀덴이 땅을 박차고 카오틱 구울에게 돌진했다. 푸른빛이 불새처럼 타오르며 주먹을 휘감았다.

카오틱 구울은 무심한 눈으로 그를 보았다.

단단한 주먹이 버켄의 머리를 날렸다. 허쉬의 최상위 존재가 허무하게 죽었다.

"이 개자시이이이이익!"

멀덴의 몸이 허공에서 사라졌다.

카오틱 구울은 콧방귀를 뀌었다. 왼팔을 들어 북동쪽 76도 방향으로 손바닥을 펼쳤다.

정확히 멀덴의 주먹이 손바닥 안으로 들어왔다. 그는 어찌 된 영문인지 모르겠단 눈으로 카오틱 구울을 쳐다봤다.

"그 이상한 구슬 때문에 순간적으로 약해져서 정말 큰일 날 뻔했어."

"뭐라……?"

"이제 이 세계도 끝이군."

'놈의 주먹이 저렇게 컸던가?'

멀덴은 그의 거대한 주먹을 보며 생각했다.

그러고 보니 키도 커진 것 같다. 분명 신장은 자신보다 한참이나 작았는데, 지금은 비슷하다.

천천히 원래의 크기로 돌아가고 있다. 이유는 모르겠지만 이건 분명 적신호다.

멀덴은 다른 손으로 놈의 손목을 붙잡고 왼쪽 무릎으로

옆구리를 찍었다.

"큭!"

푸른빛을 두른 무릎이었는데, 뼈가 부러졌는지 아찔한 통증이 느껴졌다.

반면 카오틱 구울은 아무렇지도 않은지 웃고 있었다.

"멀덴! 거기서 나와!"

누군지 모를 목소리에 멀덴이 반응했다. 그는 다른 무릎으로 카오틱 구울의 손목을 찍었다. 손목은 옆구리보단 덜 단단한지 주먹을 빼낼 수 있었다.

멀덴은 고민하지 않고 곧장 원래 있던 곳으로 이동했다.

"크윽! 뭐야?"

밑으로 내려오자마자 왼쪽 볼이 타들어 가는 느낌이 들었다. 고개를 돌리자 태양을 연상시키는 거대한 구체가 하늘에 떠 있었다.

에밀리야를 중심으로 만들었는지 그녀가 구체를 받치고 있는 형태였다.

이런 걸 대체 언제 만들었단 말인가?

실로 놀라운 힘이다. 안에서 엄청난 양의 핵분열이 일어나고 있다.

저런 게 터진다면 요툰의 땅 일부는 생명체가 살 수 없게 될 것이다. 카오틱 구울이라도 저건 견디지 못한다.

'그런데 어떻게 맞힐 생…….'

"매스 텔레포트(Mass Teleport)!"

멀덴이 의문을 가지기도 전에 많은 무리를 한 번에 이동시킬 수 있는 고난이도의 공간 이동기가 사용되었다. 대상은 부피가 굉장히 큰 불타는 구체였다.

3명의 인원이 합심한 매스 텔레포트인 만큼 시전 속도는 엄청났다.

카오틱 구울도 이번 건 위험하다 판단했는지 이미 멀리 떨어진 상태였지만, 이건 공간을 뛰어넘는 기술이다.

에밀리야가 눈물 젖은 얼굴로 외쳤다.

"뒈져어어어어!"

카오틱 구울이 떠 있는 곳에 불타는 거대 구체, 미니멀 썬(Minimal Sun)이 나타났다.

그곳에 뭐가 있고, 없고는 상관없었다. 오로지 파멸을 위해 만든 미니멀 썬이다.

설정된 좌표가 통째로 타오른다.

태양의 표면 온도는 6,000도. 핵 중심부에 도달하면 대략 섭씨 1,500만 도가 된다. 그걸 그대로 압축시켜 놓은 게 미니멀 썬이다.

그걸로 끝이 아니다. 현재 사람들이 타 죽지 않은 이유는 사전에 절대영도에 이르는 보이지 않는 장막과 인력을 무시하는 장막을 겹쳐 놓았기 때문이다.

 저곳은 다르다. 태양의 강력한 인력과 모든 것을 불태울 화력이 공존한다.

 에밀리야의 두 눈에서 피눈물이 흘러내렸다. 그녀 혼자 만들어 낸 건 아니지만 가장 많은 힘을 소모했다. 오로지 버켄의 복수를 하기 위해.

 멀덴은 마른침을 삼키며 시선을 에밀리야에서 미니멀 썬으로 옮겼다.

 검은 어둠이 뜨겁게 타오르는 중심에서 번쩍인다.

 "아……."

 거짓말.

 에밀리야의 안색이 창백해지더니 의식을 잃고 쓰러졌다. 그러나 누구도 그녀를 붙잡아 주지 않았다.

 미니멀 썬, 아주 작은 태양이 어둠에 잠식된다. 마치 일식이 찾아온 것 같다.

 그곳에서 거대한 한 쌍의 날개가 펼쳐졌다. 태양이 폭죽처럼 터져 나간다.

 아름답게 조각된 조각상처럼 완벽한 신체 비율과 근육을 자랑하는 카오틱 구울이 미소 짓는 얼굴로 그곳에 떠 있었다.

 "쇼는 끝났나?"

 절망의 목소리가 그들의 귓가를 괴롭혔다.

Chapter 2

레벨이 대수냐

김성현은 죽은 동태 눈깔을 하고 있었다.

그의 주변엔 절지동물의 단단한 외피가 벗겨진 채 산을 쌓고 있었다.

먹다 남은 애벌레의 흔적도 곳곳에 있었고, 동굴 깊은 곳에 위치한 박쥐도 갈가리 찢겨진 채 널브러져 있었다.

이곳으로 들어온 지 약 한 달이 되는 시점.

그는 더 이상 아무것도 생각할 수 없는 상태가 되었다. 기억은 1초 단위로 삭제되었고, 본능에 따라 동굴 안으로 들어가 벌레들과 간혹 발견되는 박쥐를 잡아먹었다.

짐승과도 같은 삶이었다. 정상을 향해 오르지 않은 지도 벌써 보름이 넘었다.

김성현은 입구 밖으로 발바닥을 반쯤 내밀고 소변을 누었다.

꼬질꼬질하다. 포물선을 그린 물줄기는 끝을 모르고 떨어졌다.

남은 방울을 털어 낸 그는 다시 안으로 들어와 주저앉았다.

"으어……."

1초 단위로 기억을 잃으니 쓸 줄 아는 언어가 없었다. 감정의 표현 역시 불가능했다. 그냥 아주 가끔 이런 식으로 기분 나쁜 음성을 흘릴 뿐이었다.

1년이 지났다.

김성현의 머리는 날개 뼈 부근까지 내려오는 산발이었으며, 턱수염은 지저분하게 뻗쳐 있었다.

벌레와 박쥐의 사체는 카펫처럼 저 멀리까지 길게 늘어져 있었다.

이제 그의 망각 속도는 0.1초였다. 생각이란 걸 할 수 없는 수준이 된 것이다.

입구 밖으로 떨어지는 눈송이가 보였다. 자리에서 일어나 그곳으로 걸어갔다. 눈을 보는 족족 0.1초 만에 기억이 지워졌지만 몸은 저절로 움직였다.

펑펑 쏟아지는 함박눈.

김성현의 눈가에 물기가 맺히더니 볼을 타고 주르륵 흘러내렸다. 그 기억마저 금세 지워졌지만 눈물은 쉬지 않고 흘러내렸다.

회백색의 세계를 보던 그는 입구 밑으로 몸을 날렸다.

밑이 보이지 않을 정도로 까마득한 높이. 이곳에서 떨어진다면 분명 죽을 것이다.

김성현은 자살을 생각하기엔 너무 빠른 속도로 기억이 지워졌다. 그저 몸의 고통이 뇌의 억제력을 초월했을 뿐이다.

전신이 조금씩 붉어졌다. 차가운 공기를 엄청난 속도로 맞으니 피부가 빨갛게 발색되기 시작한 것이다.

10분은 떨어졌을까? 아직도 바닥은 보이지 않았다.

김성현은 눈을 감았다. 아려 오던 피부는 더 이상 아무런 감각도 느껴지지 않았다. 벌건 피부는 이미 창백해지다 못해 얼음장처럼 굳은 상태였다. 보랏빛으로 물든 입술은 더 이상 벌어지지 않았고, 흐르는 콧물은 그대로 굳어 고드름이 되었다.

몇 시간이 흘렀다. 김성현은 얼어붙은 눈을 떴다.

처음 보인 것은 거대한 호수였다. 이렇게 추운 날씨인데도 호수는 전혀 얼어 있지 않았다. 온천수일 수도 있겠지만 김성현은 온천이란 게 뭔지 기억하지 못했다.

풍덩!

그의 몸이 엄청난 높이를 화살처럼 꿰뚫어 호수에 처박혔다. 포탄이 터진 것 같은 물 분수가 10미터가량 솟구쳤다.

온천수가 맞는 모양인지 피부의 혈색이 빠르게 돌아왔다. 몸에 활력이 생기더니 지워진 기억이 빠른 속도로 돌아오기 시작했다.

김성현은 지난 1년간의 기억을 훑어보다 눈을 번쩍 떴다. 그러곤 팔과 다리를 저어 호수 위로 떠올랐다.

"푸하!"

그는 거친 숨을 토해 내며 얼굴에 묻은 물기를 닦아 냈다.

"어, 어떻게 된 거야?"

지난 1년간의 기억은 정말 어이가 없을 정도였다.

김성현은 멀지 않은 곳에 육지가 있는 걸 발견하곤 그곳으로 헤엄쳤다. 지상으로 올라온 그는 지치지 않은 몸을 보며 중얼거렸다.

"전혀 힘들지 않아."

멀지 않은 거리라곤 해도 대충 4킬로미터 정도는 되었다. 조금쯤 숨을 헐떡거릴 법도 한데 아무렇지도 않다. 거기다 잃었던 기억을 모두 되찾았다.

김성현은 호수를 보았다. 절대 평범한 호수는 아니다. 몸에 활력이 생긴 것도, 꽝꽝 얼었던 몸뚱이가 단숨에 해동

된 것도, 그리고 기억이 원래대로 돌아온 것도 이 호수 때문이다.

그 순간 김성현은 기억이 다시 지워지는 걸 느꼈다. 그는 다급하게 호수 안으로 몸을 던졌다. 삭제된 기억이 백업 시스템을 작동한 것처럼 빠르게 돌아왔다.

혹시 호수에 몸을 완전히 담가야만 효과가 있는 걸까?

다시 밖으로 나온 뒤 기억이 사라지려는 순간 호수에 발만 담갔다. 기억이 다시 돌아왔다.

"일부만 들어가 있어도 된다."

한숨이 새어 나왔다.

대체 이곳은 어디인가? 위로 올라가고 싶어도 이젠 오르지도 못한다. 호수에서 벗어나는 순간 기억이 지워질 테니까.

그 문제가 아니더라도 이곳까지 떨어지는 데 몇 시간이나 걸렸다. 아무런 제약 없이 올라갈 수 있어도 몇 년이 걸릴지 모르는 일이다.

암담한 상황이었다. 이곳에서 평생 갇혀 죽는 날을 기다려야 할지도 모르겠다. 그게 아니라면 자살을 하든가.

김성현은 다시 시선을 호수로 돌렸다. 이렇게 된 거 조사할 수 있는 건 모두 해야 한다. 1년이란 시간이 흐른 지금 요튠은 어떤 엔딩이라도 이미 결판이 났을 것이다.

그는 호수 안으로 잠수했다. 맑은 물은 아니라 앞이 보이진 않았지만 꿋꿋이 헤엄쳤다.

그렇게 10분 정도 지나자 숨이 차올랐다. 슬슬 한계에 도달한 것이다.

그때였다. 수류(水流)가 갑자기 방향을 틀었다.

김성현은 이상한 느낌에 곧장 수면 위로 오르려 했지만 강한 물살이 수중에서 발생했다.

'이런 미친!'

저항할 수 없는 수압에 그의 몸이 휩쓸렸다. 폐가 수축되기 시작했다.

꾸르륵!

목구멍을 타고 튀어나온 숨이 입 밖으로 튀어 나갔다.

뇌가 일순 마비되었다. 숨을 쉬지 못한다는 압박감에 엄청난 고통이 밀려들었다.

목을 움켜쥐고 입을 벌렸다. 수백 개의 거품이 섞인 방울들이 흘러나왔다.

김성현은 두 눈을 동그랗게 떴다.

'어라?'

머릿속이 하얘질 정도로 숨을 쉬지 못했다. 물속이었으니까.

죽는다는 생각으로 나머지 숨을 내뱉었다.

그런데 숨이 물 밖에 있는 것처럼 자연스럽게 쉬어졌다.

지금도 마찬가지였다.

김성현은 자연스럽게 코로 숨을 들이마시고, 내뱉었다. 수압으로 수축한 폐가 다시 원래 상태로 돌아왔다.

"…이게 어떻게 된 거야?"

심지어 말도 할 수 있다. 몸에서 느껴지는 부력은 이곳이 물속이라는 걸 말해 주고 있었다.

밑으로 내려갈수록 수압은 높아지지만 숨은 평소처럼 쉴 수 있다.

괴리감이 느껴지는 상황이었지만 애초부터가 사람의 기억을 지워 버리는 세계다. 분명 지금 상황보다 더 놀라운 상황이 벌어질지도 모른다.

아직 호수의 가장 밑바닥까지 내려가 보지 못했다.

김성현은 다시 아래를 향해 헤엄쳤다. 깊은 수면 밑의 어둠이 그를 천천히 감싸기 시작했다.

※ ※ ※

데몬크로스는 맞은편에서 스테이크를 썰고 있는 테베즈를 보았다. 그가 집중적으로 투자한 김성현이 심각한 상황에 빠졌는데도 태연하기만 하다.

그의 머릿속은 예전부터 이해할 수 없었다.

막연하게 옛 동료였던 현 관리자들을 죽이고 말겠다는 목표만 알고 있었다.

궁금증을 참지 못한 데몬크로스가 물었다.

"김성현을 대체 어쩌실 생각입니까?"

"글쎄다."

테베즈는 무심하게 대답하곤 작게 썬 스테이크를 입에 넣었다. 최상급 소고기 부위답게 씹는 순간 터져 나온 육즙과 풍미는 뇌를 강하게 자극했다.

그는 아주 만족스러운 얼굴로 스테이크를 다시 썰었다. 그의 얼굴에서 걱정거리라곤 조금도 찾을 수 없었다.

데몬크로스는 그의 의중을 파악하고 싶었다.

'대체 김성현을 어쩌려고 그러는 거지?'

어느덧 식사가 끝났다. 마지막 한 조각을 입에 넣은 테베즈는 옆에 놓인 페이퍼 타월로 입을 닦았다.

"후, 오늘도 아주 맛있었군. 새로 고용한 쉐프의 음식 솜씨가 아주 좋아."

"잘 드셨습니까?"

"그래. 자넨 별로 안 먹었군?"

테베즈는 반쯤 남은 데몬크로스의 스테이크를 보았다.

평소에 먹는 양이 꽤 많아 푸짐하게 준비했는데 많았던 것일까?

"왜 이렇게 남겼어?"

"대체 왜 아무 말씀도 안 하시는 겁니까?"

데몬크로스는 대답 대신 그의 눈을 똑바로 응시하며 물었다.

"아시는 게 있다면 말씀해 주십시오."

"흠……. 관심이 많군?"

"많을 수밖에요. 제가 데려온 녀석입니다."

"그것도 그렇지."

지구로 데몬크로스를 파견한 것은 테베즈다. 그러나 그곳에서 김성현을 퀘스트 월드로 보낸 것은 데몬크로스였다. 만약 그가 죽이고자 했다면 그렇게 됐을 것이다.

김성현은 현재 테베즈의 계획 중 가장 마스터키에 근접한 자다. 절대 버릴 수 없다.

테베즈가 손가락을 튕기자 스테이크가 사라지며 준비된 차와 다과가 나타났다.

그는 검붉은 색의 차를 보며 입을 열었다.

"사실 이럴 때를 위해 준비한 건 아니지만, 걱정할 필요는 없어."

"그게 무슨 말씀이신지…….."

"무옥이다."

"두 번째 에피소드를 클리어하고 내린 보상 말씀이십니까?"

"그래. 무옥은 고작 두 번째 보상으로 내릴 만한 보상품이 아니야. 그것은 시스템의 영향력마저 초월하는 힘을 가지고 있으니까. 그만큼 김성현을 지켜 주기엔 탁월하다 생각했지."

"그 말씀은 처음부터 그의 위기를 생각하고 무옥을 준비하셨다는 겁니까?"

"히든 에피소드 따위에 사용하게 될 줄은 몰랐지만… 뭐, 그렇지."

"하지만 무옥은 발동까지 시간이 좀 걸린다고 알고 있습니다."

"보통은 그렇지. 하지만 그건 다 내가 조작한 거야. 무옥의 진짜 능력은 따로 있어."

데몬크로스가 진심으로 궁금한지 황소 같은 얼굴을 들이밀었다.

테베즈는 차를 홀짝였다. 진한 단맛이 입 안에 한 번 맴돈 후 식도를 타고 넘어갔다.

"크으! 맛 되게 진하군그래!"

"테베즈 님!"

"녀석, 성질도 급하군."

그는 찻잔을 내려놓고 테이블 위에 한쪽 팔을 걸쳤다. 소름 끼치는 검은 기운이 그의 손바닥 안으로 빨려 들어갔다.

데몬크로스는 그것을 유심히 쳐다봤다.

검은 기운은 동그랗게 압축되더니 곧 야구공 정도 되는 크기가 되었다.

테베즈가 거기에 입김을 불어넣었다. 검은 기운이 점자 굳어 가며 단단한 구체가 되었다.

데몬크로스의 두 눈이 휘둥그레졌다.

"무옥……!"

온몸의 털이 쭈뼛쭈뼛 서는 것이 느껴졌다.

테베즈는 지금 이 자리에서 무옥을 만들었다. 절대적인 봉인의 힘을 가진 최악의 구슬이 탄생한 것이다!

"어, 어떻게?"

"사실 무옥은 두 개가 한 세트다."

"그 말은 김성현이 가지고 있는 무옥이 이것과?"

"그래. 그리고 이게 조작되지 않은 진짜 무옥의 설명이다."

두 존재의 눈앞에 반투명한 시스템창이 열렸다.

[무옥(無莹)]
분류:봉인 아이템
등급:절대
설명:단 한 번, 그 어떤 것이든 무옥을 사용해 봉인할 수 있다. 그리고 시전자가 '사망'했을 시 영혼을 강제로 '부활'

시켜 육체와 함께 '엔드리스 홀(Endless Hole)'로 이동된다.

"엔드리스 홀?"

"무옥은 사실 하나의 세계다."

"그 구슬 안에 또 다른 차원이 들어 있다는 말씀이십니까?"

"이해가 빨라서 좋군."

"그렇다면 김성현은 지금 그 안에……?"

"그래. 이곳엔 그 녀석들도 절대 들어가지 못하지."

그 녀석들은 현 퀘스트 월드의 관리자들이었다. 테베즈의 오래된 동료이자 숙적이기도 했다.

데몬크로스는 그의 손에 들린 무옥을 보며 한 가지 의문이 들었다.

"그렇다면 김성현은 그곳에서 어떻게 나오는 겁니까?"

"방법은 단 하나."

"……?"

테베즈가 무옥을 꽉 쥐었다. 검은 기운이 연기처럼 손가락 틈 사이로 모조리 빠져나갔다. 다시 펼친 손에 무옥은 존재하지 않았다.

그는 한쪽 입꼬리를 올리며 말했다.

"엔드리스 홀의 가장 밑바닥을 보는 거다."

"끝이 없는 구덩이의 밑바닥?"

"그래. 그리고 만약 그곳에 도달할 수 있다면 김성현은 새롭게 태어날 것이다. 그리고 아마 만날 수 있겠지."

"누굴 말씀입니까?"

"누구겠어? 먼저 그곳으로 들어간 녀석이지."

데몬크로스의 얼굴이 험악하게 구겨졌다.

❈ ❈ ❈

테베즈가 말하는 먼저 들어간 녀석을 데몬크로스는 알고 있었다. 본래라면 몰라야 정상이다. 하지만 그가 숨겨 놓은 예비용 마스터키를 통해 요툰을 뚫은 후부터 다시 김성현을 감시할 수 있게 되었다.

계속해서 김성현의 행적을 주시했다. 그가 위험한 상황에 휘말린 것도, 기간테스의 왕 슈퍼노바와 라그나로크의 주인 아셀라우시스와 싸운 것도 모두 지켜봤다. 그리고 무옥에 누가 봉인되었는지도 똑똑히 지켜봤다.

데몬크로스가 심각한 얼굴로 물었다.

"그곳에 슈퍼노바가 있을 거란 말입니까?"

그는 슈퍼노바를 떠올리며 인상을 굳혔다. 지금이라면 어렵지 않게 쓰러트리겠지만 퀘스트 월드에 속해 있던 시절엔 승부를 장담할 수 없는 괴물이었다.

테베즈가 대답했다.

"맞다. 무옥의 봉인이란 그 세계에 가두는 걸 의미하지. 다만 녀석은 무옥의 주인인 김성현의 허락이 없다면 빠져나올 수 없다."

"밑바닥을 보더라도 말입니까?"

"그래."

원리를 이해할 순 없지만 허술하지 않은 봉인구라는 건 알겠다.

애초에 절대 등급을 받은 아이템이 허술할 리도 없지만.

"잠깐, 그런데 아까 하신 말씀에 따르면 놈과 만날 수 있을 거라고 하지 않으셨습니까?"

"그랬지."

"그럼 위험한 거 아닙니까?"

엔드리스 홀에선 육체 능력을 제외한 모든 능력이 사라진다. 슈퍼노바도 같은 상황이겠지만 기간테스 종족은 육체 능력 자체로도 우주에서 상위권에 들었다.

그는 그중에서도 정상에 위치한 존재. 단순 근력의 힘만으로도 수십 미터 높이의 절벽 따윈 주먹으로 부술 수 있을 것이다.

반면 김성현은 초인 수준이긴 하지만 주먹으로 바위만 깨도 선방하는 것이리라.

테베즈가 웃는 얼굴로 말했다.

"그럴 테지."

"그건 안 됩니다! 구해 내야만 합니다!"

데몬크로스가 커다란 입에서 침을 튀기며 의견을 피력했다.

슈퍼노바는 분명 복수의 칼을 갈고 있을 것이다. 김성현이 그를 상대로 살아남을 가능성은 0에 한없이 가까웠다.

테베즈도 그걸 모르지는 않을 터. 오히려 누구보다 그 사실을 잘 알고 있었다.

"그걸 아느냐?"

"무엇을 말입니까?"

"엔드리스 홀은 말이다. 현실과는 시간 비율이 완전히 다르단다."

"느리게 흐른다는 말씀이십니까, 빠르게 흐른다는 말씀이십니까?"

"빠르지. 김성현이 엔드리스 홀로 들어간 지 정확히 24분이 흘렀다. 슈퍼노바는 8시간 17분째지."

"예?"

영문 모를 테베즈의 말에 데몬크로스가 고개를 갸웃거렸다.

어느새 무옥을 다시 소환한 테베즈는 그것을 탁자 위에

굴렸다. 동글동글한 것이 부드럽게 움직인다.

테베즈가 입을 열었다. 그의 말을 들은 데몬크로스는 충격받은 표정이 되었다.

"김성현에겐 지금 240년이 흐른 상태고, 슈퍼노바는 4,970년이 흐른 상태지."

"…분당 10년이란 말입니까?"

"그래. 슈퍼노바는 아득한 세월을 살아온 존재지만 녀석에게도 5천 년 정도는 아주 기나긴 시간이다. 그는 그곳에서 죽지도, 누군가를 죽일 수도 없다. 파괴의 본능을 가진 기가스가 5천 년간 아무것도 하지 않았다면 과연 어떻게 될 것 같으냐?"

"미치지 않겠습니까?"

"그래, 처음엔 미치겠지. 그러나 그다음에는?"

데몬크로스는 대답할 수 없었다. 그 이후를 상상하기엔 상상력이 너무 부족했다.

테베즈는 그를 이해했다. 다른 이들에게도 이런 질문을 한다면 아무 대답도 듣지 못할 것이다. 듣는다 해도 궤변일 가능성이 높다.

그는 무옥에 힘을 불어넣었다. 무옥은 두 개가 한 세트다. 당연히 같은 엔드리스 홀을 공유하고 있다.

"잘 봐라. 이게 지금의 슈퍼노바다."

무옥 위로 얇은 홀로그램 한 장이 떠올랐다.

그곳은 김성현이 초반에 오르려고 했던 엔드리스 홀의 드높은 절벽 꼭대기였다. 아무것도 없는 회백색의 대지에 슈퍼노바는 홀로 앉아 있었다.

"이 녀석……."

데몬크로스는 할 말을 잃었다. 슈퍼노바의 등 뒤로 금빛 후광이 넘실거리고 있었다.

＊ ＊ ＊

슈퍼노바는 꿈을 꾸고 있었다.

그는 더 이상 아무것도 없는 회백색의 세계에 있지 않았다. 그렇다고 요툰의 땅도 아니었다.

그는 우주를 떠돌고 있었다. 한없이 인자한 얼굴로 양손을 합장한 뒤 별들의 무리를 지켜보았다.

엔드리스 홀에 갇힌 뒤 얼마나 시간이 흐른 것인지 모른다. 그저 셀 수 없을 정도로 아득한 세월이 흘렀음을 인지할 뿐이다.

처음엔 고통의 연속이었다. 자신을 이곳에 가둔 김성현을 밖으로 나가 갈가리 찢을 생각이었다.

분노는 굉장히 오래갔다.

그는 아셀라우시스에게 카오틱 구울의 소환 조건으로 받은 구슬의 힘을 사용했다. 그러나 이곳에선 모든 이능이 봉인되었다.

엎친 데 덮친 격으로 기억까지 소실되기 시작했다. 다행히 호수의 존재로 기억을 되찾을 수 있었지만 답이 없는 건 똑같았다.

그렇게 기약 없는 세월이 흘렀다.

호수의 성분을 완벽히 분석한 그는 더 이상 호수에서 빠져나와도 기억을 잃지 않았다.

기가스의 우월한 신체 능력으로 정상까지 오르는 데 얼마 걸리지 않았다. 그다음부턴 탈출하기 위한 방법을 모색하기 시작했다.

10년, 100년, 1,000년. 시간은 끝도 없이 흘렀다.

분노는 어느 순간부터 완전히 사라졌다. 복수 역시 마찬가지였다. 모든 것이 부질없었다.

이곳에선 먹지도, 자지 않아도 생활할 수 있었다.

아무것도 하지 않고 가만히 앉아 있기를 3천 년 정도가 흘렀다. 그때부터 그의 의식은 엔드리스 홀을 초월했다.

3천 년은 기간테스 종족에게 있어 엄청 긴 시간은 아니었다. 그러나 아무것도 할 게 없는 이곳에선 3만 년보다도 긴 시간이었다.

그렇게 또 천 년이 흘렀다. 정신은 이미 기가스란 종의 한계마저 초월했다.

모든 것은 평온 그 자체.

그의 이마를 가르고 제3의 눈이 뜨였다. 그러나 눈은 곧 닫혔고, 다시 평온에 휩싸였다.

그리고 다시 현재. 슈퍼노바는 꿈에서 깨어났다.

그는 자리에서 일어나 절벽 쪽으로 걸어갔다. 등 뒤에 연꽃처럼 피어난 금빛 후광은 회백색의 세계 전체를 밝혀 주는 것 같았다.

그는 저 아래에서 느껴지는 누군가의 인기척에 미소를 지었다.

쩌적!

슈퍼노바의 외골격이 갈라지며 희미한 빛이 새어 나왔다.

투두둑!

벗겨진 외골격이 밑으로 떨어지며 금빛으로 무장한 인간 형상의 슈퍼노바가 서 있었다.

엔드리스 홀의 기나긴 세월을 견디고, 받아들이고, 초월하는 과정에서 종족의 한계를 완전히 뛰어넘은 것이다.

더 이상 엔드리스 홀은 그를 붙잡아 둘 수 없었다.

그렇다고 딱히 나갈 생각은 들지 않았다. 이곳으로 들어온 또 다른 누군가부터 만나 봐야겠다는 생각 탓이었다.

보지 않아도 누군지는 알고 있었다.

"오랜만에 다시 보고 싶긴 하군. 김성현."

발광하는 둥근 얼굴에서 검은 입술이 초승달처럼 휘었다. 그의 머리 위로 황금색의 헤일로가 둘러졌다.

슈퍼노바는 허공에 천천히 떠올랐다.

엔드리스 홀은 격하게 그가 새롭게 얻은 힘을 봉인시키려 했지만 세계를 초월해 버린 그였다. 엔드리스 홀의 귀여운 발악을 무시하고 밑으로 내려갔다.

✱ ✱ ✱

김성현은 호수의 밑바닥을 보기 위해 계속 아래로 향했다.

얼마나 긴 시간이 흘렀는지는 모르겠다. 이곳에 들어오면서 지상에 있을 때와는 다른 감각이 전신을 지배했다.

따뜻한 어머니의 배 속에 있을 때와 비슷한 기분이라고 해야 하나?

피식 웃음이 나왔다. 그 시절을 기억하는 사람은 없다. 하지만 너무나도 상세히 떠올랐다.

'기억이라기보단 느낌이라고 해야 옳겠군.'

생각할 수 있는 지능이 없던 시절이다. 그냥 따뜻하고 포근하단 느낌만 기억나는 것이다.

이곳이라면 왠지 평생 있을 수 있겠단 생각이 들었다. 바깥에서의 모든 일을 잊고 푹 쉬고 싶었다.

'끝이 없기를.'

김성현은 그렇게 추락해 갔다. 호수의 밑바닥을 향해.

그때 어둠으로 휩싸인 호수 전체가 황금빛으로 물들었다.

김성현은 오랜만에 보는 빛에 눈살을 찌푸렸다. 고개를 돌려 갑자기 분산되는 빛의 정체를 확인했다. 그곳엔 황금빛 인형이 자신을 향해 내려오고 있었다.

이곳에 자신 말고 또 다른 사람이 살고 있었던 것인가?

"누구지?"

김성현은 적대감을 드러내며 그를 경계했다. 부력 때문에 자유롭진 않지만 상대도 마찬가지라 생각했다.

그의 생각을 완전히 부정하듯 황금빛 인형의 움직임은 물의 저항을 전혀 받지 않았다.

스르르 흘러가는 움직임으로 김성현 앞에 멈춘 슈퍼노바는 손바닥을 펼쳐 보였다.

그 순간 그들을 중심으로 호수가 갈라지기 시작했다. 동그란 구체의 형태로 빈 공간이 생긴 것이다.

김성현은 놀란 눈으로 허공에 떠 있는 자신을 발견했다. 이곳에선 이능력에 해당하는 힘을 사용할 수 없다.

"이게 대체 어떻게 된……!"

믿을 수 없는 상황에 김성현은 슈퍼노바를 보았다. 완전히 달라진 모습이라 그가 알아보는 건 불가능했다.

슈퍼노바가 말했다.

"오랜만이군."

"…난 널 처음 보는데?"

"이 모습은 그렇겠군."

슈퍼노바는 씩 웃으며 검지를 그의 이마에 사뿐히 올렸다.

김성현이 급히 저항하려 했지만 물밀 듯이 쏟아져 들어오는 기억의 향연에 아무런 말도 할 수 없었다.

기억 공유가 끝나고 김성현은 허망한 얼굴로 그를 보았다.

"네, 네가 슈퍼노바라고?"

"난 이곳에서 오랜 세월을 살았다. 그리고 깨달았지."

슈퍼노바의 기억을 전해 받았기에 그가 이곳에서 엄청난 세월을 보냈다는 걸 알고 있었다.

"무엇을 깨달았지?"

"그거 아나? 우주란 말이다. 사실은 요만한 점에 불과하다."

"그게 무슨 소리지?"

"삶이란 사실 아무것도 아니다. 본능이란, 감정이란, 이성이란 사실 아무것도 아니라 이 말이다."

"그러니까 갑자기 그런 소리를 왜 하냐 이 말이야!"

김성현은 저도 모르게 소리를 질렀다. 그러곤 왜 소리를 질렸는지 이해할 수 없었다.

슈퍼노바는 현재 자신에게 아무런 적의를 보이지 않았다. 오히려 따뜻한 빛으로 자신을 감싸 안아 주고 있었다.

'그런데 이 위화감은 대체 뭐냐고······!'

대체 무슨 일이 있어야 그 포악하던 괴물이 이렇게 변한단 말인가?

슈퍼노바는 인자한 얼굴로 위를 올려다보았다. 호수가 다시 한 번 갈라지며 회백색의 절벽이 드러났다.

그가 손을 흔들자 동심원 형태의 절벽이 점점 벌어졌다. 보이지 않던 하늘이 개천(開天)하듯 펼쳐졌다.

김성현은 경악했다. 이 정도의 권능은 예전의 슈퍼노바도 불가능한 것이었다.

격이 완전히 다른 존재가 되었다. 더 이상 기간테스란 종족에 얽매여 있지 않았다. 만약 그가 악의를 가지고 세상으로 나간다면 우주는 멸망할지도 모른다.

그런 김성현의 생각을 읽은 슈퍼노바가 말했다.

"그런 일은 없다. 아니, 있을 수 없다. 왜냐하면 난 이미 우주와 하나니까. 그리고 이런 거짓된 세계는 나를 막을 수 없다."

"거짓된 세계?"

"너도 알고 있지 않나? 거짓된 세계를 모험하는 자여."

전신에 소름이 쫙 끼쳤다.

슈퍼노바는 이곳에서 얻은 깨달음으로 우주와 일체(一體)가 되었다. 나아가 퀘스트 월드란 가짜 세계가 자신을 구속하고 있다는 것도 깨달았다.

슈퍼노바가 말했다.

"난 아직 나갈 생각 없지만, 네가 원한다면 내보내 줄 수 있다."

그의 앞에 사람 하나가 지나갈 정도의 포탈이 만들어졌다. 그곳은 분명 '바깥 세계'였다.

그 순간!

쫘강!

하늘에서 천둥소리가 크게 들렸고, 하늘이 갈라지기 시작했다. 그곳을 보니 6개의 빛이 갈라진 하늘에서 내려오고 있었다.

본능적으로 그들의 정체를 알아챘다.

'테베즈를 쫓아낸 실질적인 관리자들이다!'

설마 저들이 이곳에 나타날 줄이야!

슈퍼노바가 혼잣말로 중얼거렸다.

"드디어 얼굴을 보이는군. 위험하다 판단한 것인가? 우습군."

슈퍼노바는 빙긋 웃으며 그들을 향해 날아올랐다. 갈라

진 호수가 원상태로 돌아가며 김성현을 덮쳤다.

"크억!"

보고 싶다. 저곳에서 무슨 일이 벌어지는지 두 눈으로 확인하고 싶다!

김성현이 다시 호수의 밑바닥으로 내려가는 그때, 슈퍼노바의 목소리가 들려왔다.

-진짜와 가짜는 존재하지 않는다. 그것을 기억해라.

'그게 무슨 개소리야?'

슈퍼노바의 말은 더 이상 들려오지 않았다. 하늘에서 시작된 거대한 빛이 다시 한 번 호수를 잠식했다.

✳ ✳ ✳

김성현이 막 엔드리스 홀에서 정신을 차리던 때, 현실에선 지옥 같은 광경이 연출되고 있었다.

수십 미터로 자라난 카오틱 구울이 입을 동그랗게 벌렸다. 톱니처럼 입술 안쪽으로 돋아난 이빨들이 녹색으로 물들었다.

흐아아아!

끔찍한 독액이 그의 식도를 타고 지상을 향해 쏟아졌다.

멀덴은 빠르게 녹아내리고 있는 요툰 땅을 보았다. 미니멀 썬이 파괴된 후부터 지금까지 놈에게 일방적으로 휘둘리고 있었다.

거대한 피막 날개가 하늘을 가리고 끔찍한 사기가 휘몰아쳤다. 벌써 반 넘게 죽음을 맞았다.

멀덴은 자신의 부축을 받고 있는 델리를 보았다. 그는 왼팔을 잃고 옆구리까지 뜯겨 나간 상태였다. 심지어 영혼의 일부까지 먹힌 터라 가지고 있는 힘의 대부분이 소실되었다.

"제기랄!"

욕밖에 할 수 없는 상황. 이렇게까지 무력해질 줄 몰랐다. 로키를 상대했을 때의 힘을 자유자재로 사용한다면 이렇게 곤경에 처하지 않았을 것이다.

대체 그 힘은 어떻게 쓰는 것일까?

멀덴은 아랫입술을 깨물고 델리를 안은 채 달렸다.

어느새 더 커진 카오틱 구울이 두 눈에서 레이저를 뿜었다.

콰아아앙!

지형이 뒤바뀐다. 요툰 땅을 그려 놓은 지도가 있다면 새로 그려야 할 것이다.

'저것도 봐주고 있는 거겠지.'

카오틱 구울은 애초에 이 행성을 파괴시킬 수 있는 존재다. 그는 일부러 자신들이 피할 수 있을 정도의 공격만 퍼붓고 있었다.

악질 중의 악질.

'어쩌다 이런 신세가 됐지?'

허쉬는 기간테스 군단도, 우트가르트의 거인들도 얕잡아 볼 수 없는 집단이었다. 그런데 제3의 존재가 판에 끼어들어 모든 걸 엉망으로 만들었다. 심지어 원주민인 두 종족은 요툰에서 영영 사라졌다. 참으로 아이러니한 일이었다.

멀덴은 뒤쪽에서 바짝 쫓아오는 광선을 피해 몸을 날렸다.

"크윽!"

델리가 바닥을 거칠게 나뒹굴며 신음을 흘렸다.

잡아먹힌 영혼의 양이 상당해 평범한 인간보다도 못한 수준이 되었다. 멀덴은 그런 그가 너무 안타까웠다.

"흐흐! 그런 표정 짓지 말라고, 멀덴."

"델리……."

현재 그들은 운 좋게도 카오틱 구울의 시선이 닿지 않는 곳에 있었다.

델리는 조금 편한 얼굴로 그림자 진 절벽을 쳐다보았다. 그는 직감적으로 느끼고 있었다. 죽음이 머지않았음을. 곧 남아 있는 일부 영혼은 제자리를 찾지 못하고 소멸할 것이다.

솔직히 분하지 않다면 거짓말이었다. 하지만 아직 끝난 게 아니다.

그는 멀덴을 향해 손을 내밀었다. 비록 한 팔뿐이긴 하지만 어차피 마지막이라면 상관없지 않겠는가.

"내 손을 잡게."

"포기하지 마!"

그의 생각을 눈치챈 멀덴이 눈을 부릅뜨며 소리쳤다. 델리는 피식 웃으며 온 힘을 다해 그의 손을 붙잡았다.

"포기하지 말라고 해도 나는 이미 답이 없는 상태야."

"살 수 있어! 살 수 있다고!"

"크큭! 그렇게 살아서 뭘 하겠어? 참 재미없는 인생이었어. 요툰이 아닌 천계로 갔다면 나도 떵떵거리며 편하게 살았을 텐데……."

인간 상태에서 대신급으로 한 번에 경지를 올리는 자들은 천계로 향하는 프리패스권을 얻는다. 그러나 그중 일부는 판데리아의 안녕을 위해 요툰으로 떠난다.

천계로 간 자들은 이미 손에 넣은 대신의 자격을 이용해 천계 최고 신 중 하나가 된다. 엄청난 권력을 얻게 되는 것이다.

그리고 그들 중 십중팔구는 천계 최고 집단 '발할라'에 입성하게 된다. 그곳에서 발할라 최고 전투 부대인 '발키리'를 휘하에 둘 수 있고, 타 차원까지 그 영향력을 행사할 수 있는 권한을 얻는다.

그것은 무소불위의 권력이나 다름없으며, 진정한 초월자로 거듭날 수 있는 힘이었다.

하지만 요툰으로 가게 되면 천계에서 얻는 이점과는 정반대되는 고통이 뒤따른다.

허쉬라는 조직에 소속되어 판데리아 대륙의 안위를 위해 요툰 땅의 원주민들과 평생을 싸운다. 그것은 평화나 행복과는 거리가 멀었다.

그럼에도 요툰으로 향하는 이유는 두 가지였다. 더 강한 힘을 추구하거나, 정말로 판데리아의 미래를 걱정하거나.

그리고 지금 천계로 가지 않은 걸 후회한다고 말한 델리는 명백한 후자였다.

멀덴이 슬픈 미소를 띠며 말했다.

"거짓말이 서툴군."

"크크……. 들켰군. 나름 괜찮은 삶이었어. 저 녀석만 없다면 말이지."

"……."

"부탁한다, 멀덴. 판데리아의 안녕을 위하여."

델리의 몸이 푸른빛에 휩싸이며 멀덴에게로 스며들었다.

멀덴은 눈물을 흘리지 않았다. 조용히 델리라는 한 인간의 모든 기억을 되짚으며 얼마 남지 않은 시공간의 힘을 꽉 움켜쥐었다.

그가 말년에 이룬 시공간에 대한 깨달음이 멀덴의 두 눈동자에 새겨졌다. 절대 클락에게 꿇리지 않는 뛰어난 경지였다.

푸른빛이 주먹에 맺히며 클락이 사용하는 4차원의 형상이 허공에 떠올랐다. 델리는 마지막에 클락과 비슷한 수준의 경지까지 오른 것이다. 비록 클락보단 조금 떨어지나 이 정도도 대단한 것이었다.

"그렇게 클락의 뒤를 좇더니 기어코……"

멀덴은 주먹을 내렸다. 4차원의 형상이 사라졌다.

그는 저 멀리 카오틱 구울에게 공격을 퍼부으며 도망치고 있는 동료들을 보았다.

방금 한 명이 놈의 힘에 짓이겨졌다.

"개 같은 자식……!"

멀덴의 두 눈에서 빛이 폭사되며 격전지를 향해 몸을 날렸다.

퉁!

그가 서 있던 지반이 무너져 내렸다.

* * *

카오틱 구울은 어떻게든 저항하려는 인간들을 보며 비릿

하게 웃었다.

제아무리 날뛰어 봐야 부처님 손바닥 위의 손오공이었다. 그들은 그의 영향권 내에서 절대 도망칠 수 없었다.

카오틱 구울이 본래 모습을 드러낸 이상 요툰과 그곳에 사는 모든 생명체는 사라질 것이다.

영원히.

"크하하하!"

크게 웃음을 터트린 카오틱 구울은 양손에 쥔 거대한 힘을 휘둘렀다. 직경 2,000킬로미터에 달하는 두 개의 검은 광선이 채찍처럼 멀리 솟은 산맥을 절단하며 인간들을 향해 휘둘러졌다.

로젠트 쌍둥이가 우주에서도 찾아보기 힘든 싱크로를 사용했다. 두 사람의 영혼이 하나가 되며 가지고 있는 힘이 몇 배로 증폭되었다.

쌍둥이는 은빛으로 물든 서로의 몸을 껴안았다. 두 검은 광선이 어느 순간을 기점으로 휘둘러지는 방향에 따라 곡선을 그리며 휘어졌다.

카오틱 구울은 인상을 찌푸렸다. 눈부신 은빛의 쌍둥이가 구체 형태의 보호막을 펼친 것이다.

"싱크로라……. 아주 귀찮군."

그렇게 말하는 카오틱 구울의 얼굴엔 귀찮음 따윈 전혀

보이지 않았다. 되레 흥미로운 표정으로 두 손을 모았다.

그때,

[궁극 화염:빅뱅(Big Bang)]

"호오?"

카오틱 구울이 몸 전체에 느껴지는 초고온의 열기에 눈을 치켜떴다. 백염이 커다란 몸뚱이를 감쌌다.

구체 안에 있는 에밀리야는 하얗게 탈색되는 머리를 무시하고 힘을 집중시켰다.

빅뱅은 그녀가 사용할 수 있는 화염계 공격 기술 중에서도 단연코 최고라 할 수 있었다.

시전 속도도 아주 짧았다. 다만 그만큼 소모되는 에너지가 상상을 초월했다.

푸른 눈동자가 붉게 물들고, 피부는 혈관이 다 보일 정도로 투명해졌다.

그녀는 옆에서 빅뱅을 보조해 줄 사람을 보며 말했다.

"부탁한다."

"…그러지."

실더(Shielder)로 유명한 낙현이 남색의 무복을 펄럭이며 손가락으로 인을 그렸다.

[봉마진(封魔陳):금강궤석인장(金剛櫃石印章)]

반투명한 육면체가 백염에 타고 있는 카오틱 구울을 가

됐다. 6개의 면에 동방 고유의 문자가 하나씩 새겨지기 시작했는데, 정면부터 차례대로 금강궤석인장이라 적혀 있었다.

그것은 낙현이 온갖 마를 봉마하며 갈고닦은 정수라 할 수 있었다.

카오틱 구울이 말아 쥔 주먹을 뻗었다.

콰각!

금강궤석인장에 실금이 그어졌다. 낙현은 인상을 찌푸리며 다급하게 소리쳤다.

"빨리해라!"

그의 최고 기술이지만 처음부터 카오틱 구울을 봉마할 생각 따윈 추호도 없었다. 아무리 대신급의 반열에 올랐다 한들 놈 앞에선 한낱 벌레에 지나지 않는다.

낙현이 빠르게 인을 맺었다. 육면체에 만들어진 금이 빠르게 수복되며 또 다른 육면체가 금강석궤인장을 가뒀다.

그는 인을 멈추지 않았다. 조금씩 수준이 낮아지긴 했지만 수십 개의 육면체를 만들어 이전에 만들어 둔 것들을 모조리 가뒀다.

"한계다!"

"끝났어."

발악에 가까운 낙현의 외침에 준비를 마친 에밀리야가 대답했다. 그녀는 살아남은 모두에게 웃으며 유언을 남겼다.

"잘들 살아."

[빅뱅]

삐이이이!

카오틱 구울을 태우던 백염에서 태양빛을 넘어서는 광채가 뿜어져 나왔다.

공간 계열의 마르티네즈는 그녀의 희생에 이를 악물고 사전에 준비해 둔 공간 이동으로 모두를 이동시켰다.

멀리서 날아오던 멀덴은 엄청난 광채에 얼굴을 가려야만 했다.

"크윽……! 무슨 일이 벌어진 거지?"

수십 겹으로 겹쳐진 육면체들이 붕괴한다. 소리는 들리지 않지만 거대한 힘이 육면체의 가장 안쪽에서부터 시작되고 있었다.

금강궤석인장이 파괴되었다. 그다음 육마오장이, 금정수라가, 나타목석이, 위천성지면이……. 그 뒤로도 수많은 봉마진이 줄줄이 박살 났다.

이윽고 마지막 봉마진이 파괴된 순간 지축을 뒤흔들 정도로 거대한 폭발이 요튼 땅을 덮쳤다.

멀덴은 빠르게 4차원으로 피신했다. 그러나 폭발은 3차원을 넘어 4차원까지 영향력을 끼쳤다.

"크으윽!"

빛에 노출되는 모든 부분이 빨갛게 달아오르다 검게 타기 시작했다. 그리고 빛은 어느 순간 한 점으로 압축되었다.

멀덴은 보랏빛의 세계를 보며 마른침을 삼켰다. 그는 천천히 4차원에서 빠져나왔다. 배경색이 원래대로 돌아왔다.

저 멀리 한 점으로 응축된 빛이 보인다. 그 앞엔 거체의 카오틱 구울이 떠 있었다.

그가 고개를 치켜들었다. 새까만 재가 떨어져 내리며 놈 특유의 검회색의 뼈가 드러나 있었다. 그것도 제법 많이.

'살가죽뿐 아니라 근육과 신경, 혈관 모든 게 기능을 상실한 것인가?'

위력이 엄청나긴 한 모양이었다.

멀덴은 지금이 마지막 기회라는 걸 느꼈다. 죽지 않았다면 카오틱 구울은 금세 또 재생할 것이다. 그 전에 죽여야 한다.

4차원의 힘을 빌려 망치를 만들었다. 예전에 박살 났던 그의 진짜 망치였다.

망치에 푸른빛이 깃들었다.

'죽인다!'

멀덴의 두 눈이 카오틱 구울에게 정확히 집중되었다.

시공간을 끌어당겼다. 커튼을 열듯 공간이 쭈글쭈글하게 일그러졌다. 시간의 흐름이 비약적으로 느려졌다.

그곳에서 멀덴은 총 7명이 되었다. 그들 모두가 멀덴이었으며, 동시에 하나였다.

한순간에 7개의 평행 세계를 만든 그는 줄어들지 않은 7개의 힘을 쥐었다.

7명의 멀덴의 생각이 하나처럼 이어진다. 그중 하나가 작은 목소리로 중얼거렸다.

[타임 스톱]

하나를 제외한 6개의 망치가 카오틱 구울의 머리 위로 떨어졌다.

❋ ❋ ❋

김성현은 피곤한 얼굴로 멀지 않은 곳에서 벌어지는 사건을 주시했다.

"드디어 돌아왔군."

그는 감정이 묻어나지 않는 얼굴로 중얼거렸다.

정말 까마득한 세월이었다. 몇 번이고 포기하고 싶었지만 포기하지 않았다.

김성현은 몸 안에 흐르는 거대한 힘을 느끼며 주먹을 쥐었다. 예전이라면 뛸듯이 기뻐했겠지만 지금은 그러지 않았다.

그는 영혼이 없는 것 같은 탁한 눈으로 하늘을 올려다보았다. 카오틱 구울과 허쉬의 격전으로 하늘이 폭연으로 가득했다.

이제 끝낼 때가 됐다. 김성현은 천천히 손을 들었다.

"듀란달."

[오랜만입니다, 주인님.]

말하는 것만으로 먼 곳에 있던 듀란달이 손안에 쥐어졌다. 듀란달의 인사에 김성현이 희미한 미소를 지었다.

"끝내자."

[예.]

김성현이 듀란달을 직선으로 천천히 떨어트렸다.

요툰이 갈라졌다.

✵ ✵ ✵

요툰으로 나오기 10분 전.

김성현은 강한 물살에 이도 저도 못하고 휩쓸려 다녔다. 호수 너머에선 황금빛과 무수한 빛들이 뒤엉킨 채 격전을 벌이고 있었다.

거대한 힘이 엔드리스 홀을 가득 채운다. 호수가 증발하며 따뜻하던 물속이 점점 뜨거워지기 시작했다.

'제기랄…….'

수십 개의 소용돌이가 발생한 호수는 그야말로 지옥과도 같았다.

콰앙!

위쪽에서 거대한 충돌음이 들려왔다. 곧이어 절벽이 무너져 내리는 소리가 들리며 호수 안으로 떨어졌다.

현재 김성현이 있는 곳은 아주 깊었기에 그 소리조차 들려선 안 되었지만, 엔드리스 홀은 이미 수많은 법칙이 뒤섞인 세계가 되었다. 수만 킬로미터 바깥에서의 소리도 바로 옆에서 나는 것처럼 생생했다.

김성현은 위로 오르기 위해 열심히 팔을 저었지만 거센 물살은 그걸 허용하지 않았다. 그는 그렇게 수저(水底)를 향해 전보다 빠른 속도로 가라앉았다.

어느 정도 아래까지 내려오자 성난 호수는 어느새 잠잠해져 있었다. 위에서 시작된 빛도, 소리도 모두 사라졌다. 다시 어둠이 시작되었다.

아까까지만 해도 이 따뜻한 어둠 속이 너무 좋았다. 밖에 나가지 않아도 좋으니 쭉 이곳에 있었으면 싶었다.

그러나 슈퍼노바를 만나고 난 후부터 모든 게 바뀌었다.

이렇게 하염없이 밑으로 가라앉는 것도 나쁘진 않지만 그보다 더 이 세계의 비밀을 알고 싶었다. 자신의 목표는 이런 곳에서 안주할 정도로 작지 않다.

'난 올라가야 해.'

자신에겐 오로지 단 하나만의 목표가 존재한다. 그것을 이루기 위해 지금까지 목숨 걸고 달려왔다. 이런 호수 아래에 처박혀 뒤로할 사소한 것이 아니었다.

퀘스트 월드의 최후의 엔딩! 그것이 김성현이 바라 마지않는 유일한 목표였다.

그리고 이 위에서 벌어지고 있는 상황을 두 눈으로 봐야만 목표를 이룰 수 있을 것 같았다.

김성현은 이를 악물고 위를 향해 헤엄치기 시작했다.

곧 물살이 다시 강해지기 시작했고, 곳곳에서 소용돌이가 발생했다.

견뎌 내야 한다. 목표를 이루기 위해선 이조차도 이겨 내야 한다.

"으아아아아!"

수많은 법칙이 중첩되며 벌어진 틈을 통해 엔드리스 홀의 유일 법칙이 깨져 나갔다.

김성현의 몸에서 은은한 기운이 흘러나온다. 그것은 푸른색을 띠었고, 불규칙한 선을 그리며 뻗어 나왔다.

모든 힘이 돌아왔다. 순간적으로 환호할 뻔했으나 지금은 그럴 때가 아니다.

김성현은 일단 거센 물살부터 걷어 냈다.

한 번 힘을 휘두른 것으로 슈퍼노바가 했던 것처럼 구체 형태의 공간이 만들어졌다.

그렇다고 슈퍼노바 정도의 격을 얻은 것은 아니었지만, 김성현도 이곳에서 200년이 넘는 세월을 보냈다.

정신적인 수양이 범인을 초월한 상태.

그는 이미 변해 버린 엔드리스 홀 전체를 좌표로 지정했다.

"지금이라면."

한 단계 더 높은 공간 이동을 사용할 수 있을 것 같다.

[액티브 스킬, '공간 이동'의 레벨이 올랐습니다!]

경쾌하게 들려오는 알림음.

어째서 레벨이 오른 건진 모르겠지만 충분히 가능한 일이었다. 지금의 김성현에게는.

그는 한쪽 입꼬리를 올리며 공간 이동을 사용했다.

공간 이동은 8레벨에서 9레벨이 될 때 거리 제한이 사라졌다. 그렇다면 10레벨은 어떨까?

결과는 곧장 나타났다. 엔드리스 홀 전체의 풍경이 한눈에 들어왔다.

더 이상 좌표를 설정할 필요가 없어졌다. 그냥 생각했다. 저곳으로 이동하겠다고. 그러자 혼돈처럼 뒤엉킨 빛무리 근처에 김성현이 나타났다.

그가 등장함과 동시에 수많은 빛이 한꺼번에 사라졌다.

빛의 인형을 한 모든 존재들이 김성현에게 시선을 돌렸다. 그중엔 꽤나 치열했는지 몸 곳곳에 전투의 흔적이 남아 있는 슈퍼노바도 있었다.

"깨달음이 있었던 모양이군."

슈퍼노바가 대수롭지 않게 말했다.

"조금."

김성현은 긴장의 끈을 놓지 않은 상태에서 말문을 열었다.

슈퍼노바의 웃음소리가 들려왔다.

"후후! 그런데 여긴 왜 왔나?"

"오지 못할 곳이라도 되나?"

"너에게는."

짐짓 무시하는 발언으로 들릴 수 있겠지만 현 상황을 보자면 당연한 대답이었다.

김성현은 슈퍼노바와 대치하고 있는 여섯의 면면을 확인했다. 모두 달걀처럼 매끄러운 얼굴을 하고 있다. 이목구비는 존재하지 않았다.

그중 슈퍼노바와 비슷한 색의 빛을 흘리는 이가 말했다.

[너로군.]

목소리엔 엄청난 힘이 담겨 있었다. 슈퍼노바가 급히 차단막을 펼치지 않았다면 지금의 김성현이라도 무사하지 못했을 것이다.

"고맙다."

자신의 인사에도 슈퍼노바는 대꾸하지 않았다.

아니, 하지 못했다고 하는 게 옳으리라. 그는 현재 여섯 절대자의 힘을 홀로 막고 있었으니까.

[흥미롭군.]

녹빛의 인형이 말했다. 그의 몸에선 영혼마저 씻겨 나갈 듯한 신선한 공기가 흘러나오고 있었다. 그는 김성현이 아닌 슈퍼노바에게 물었다.

[너라면 자격이 있다. 우리의 휘하로 들어오겠나?]

"거절한다."

슈퍼노바의 육체에서 흘러나오는 금빛이 점점 덩치를 불리기 시작했다. 녹빛 인형의 옆에 선 회색빛 인형이 그를 타박했다.

[어허, 너로는 무리라는 걸 아직 모르는 것이냐?]

"그쪽과 나의 깨달음이 다르지가 않을 텐데, 내가 왜 아래로 들어가야 하는지 모르겠군. 그걸 떠나 위아래의 구분을 왜 지으려고 하지?"

슈퍼노바의 물음에 가장 처음 입을 열었던 이가 대답했다.

[그것이 순리이기 때문이다.]

"아무래도 너희와 나의 깨달음은 달랐던 모양이군."

[아니다. 우리도 그곳에서부터 시작했다. 다만 그대의 생(生)이 너무도 짧아 착각하는 것이다.]

"어리석은 말이다. 이 모습이 됨으로써 모든 것이 평등함을 깨달았다. 너흰 실패작이다."

[크큭! 우리보고 실패작이라고 하는 녀석이 다 있네? 그것도 방금 만들어진 녀석이.]

형태가 거의 잡혀 있지 않은 혼돈과도 같은 자였다. 그는 이곳에서 유일하게 다른 모습을 취하고 있었는데, 그 색이 너무나도 탁해 '마신'을 떠올리게 만들었다.

[애송아, 넌 정말로 모든 것이 평등하다 생각하나?]

"그렇다."

[그럼 넌 실격이다. 그 버러지 같은 녀석과 함께 죽어라.]

혼돈과도 같은 자가 김성현을 가리키며 말했다.

그 순간 김성현은 우주 전체가 자신에게 날아오는 것 같은 느낌을 받았다.

슈퍼노바가 그에게만 들리는 목소리로 말했.

-한때 죽이겠다 다짐한 자를 위해 내가 이런다는 게 참으로 아이러니하군.

둥글게 정제된 빛의 구체가 전방으로 움직였다.

그리고,

콰가가가가각!

구체가 박살 나며 동시에 그것과 충돌한 보이지 않는 힘도 소멸했다.

혼돈과도 같은 자가 얼굴을 찡그린 듯한 형태를 하며 한 번 더 힘을 사용하려 했다.

그때 슈퍼노바와 비슷한 자가 그의 팔을 붙잡았다.

[그만.]

[이거 놔!]

[그만이라고 했다.]

[칫!]

명령과도 같은 말에 혼돈과도 같은 자는 힘을 다시 집어넣었다.

스스스!

슈퍼노바와 비슷한 자의 몸이 일렁이며 황금빛이 서서히 사라지기 시작했다. 그리고 나타난 것은 포마드로 깔끔하게 스타일링한 블랙 슈트의 사내였다.

사내는 각진 무테안경을 고쳐 쓰며 김성현에게 말했다.

"만나서 반갑네."

언령의 힘이 담긴 목소리가 아니었다. 슈퍼노바는 경계를 풀지 않은 채 힘을 천천히 줄였다.

"너한테 볼일이 있나 보군."

"그래."

"조심해라. 저자는 특별하다."

무심한 눈을 하고 있지만 슈퍼노바의 말은 진심이었다.

김성현은 걱정 반, 기대 반의 마음으로 사내의 인사를 받았다.

"나도 반갑다. 지금까진 피해 다녔지만 정말 죽을 만큼 보고 싶었다."

김성현은 비단 사내에게만 하는 말이 아니었다. 테베즈, 마신과 함께 퀘스트 월드란 가상의 세계를 만들어 낸 제작자 모두에게 하는 말이었다.

그의 진심을 눈치챈 건지 사내가 쿡쿡 웃었다.

"그럴 테지. 하지만 이렇게 만나게 되었군. 아주 영광스러운 날이야."

"그럴 수도 있겠지. 그래도 조금 의외네? 솔직히 날 보자마자 죽이려고 할 줄 알았는데."

"우리가 왜?"

"특이 케이스니까."

김성현이 직접 특이 케이스를 언급할 줄 몰랐는지 사내의 눈썹이 꿈틀거렸다.

그들 입장에서 특이 케이스는 버그 캐릭터와 크게 다르지 않았다. 자신들이 정성껏 만든 게임의 생태계를 파괴하는데 어떻게 좋게 볼 수 있겠는가.

그러나 사내는 조금 달랐다. 그는 안경을 한 번 더 고쳐 쓰며 말했다.

"그런 건 별로 상관없어. 특이 케이스더라도 결국 이 게임을 즐기는 플레이어가 아닌가?"

환하게 웃으며 말하는 사내.

김성현은 순간 속에서 열불이 올라왔지만 초인과도 같은 인내심으로 참아 냈다.

자신이 이곳에서 어떤 삶을 살았는지 안다면 즐긴다는 표현은 절대 쓰지 못한다.

아니, 대부분의 플레이어가 자신과 비슷할 것이다.

"즐긴다라……. 그렇게 볼 수도 있겠어."

"하하하! 많이 강해지지 않았는가. 알다시피 우리가 만든 가상현실 온라인 게임 '퀘스트 월드'는 가상의 세계이지만, 실제이기도 하다네. 이곳에서 얻은 모든 것은 현실로 가지고 나갈 수 있다는 것이지. 엔딩을 본다면 말이야."

엔딩. 김성현의 유일무이한 최종 목표.

"그렇지. 엔딩만 볼 수 있다면."

"그래. 모두가 그걸 위해 노력하지 않나?"

"테베즈에겐 묻지 않았지만 너에겐 묻고 싶은 것이 있다."

"얼마든지 하게. 운영법을 제외한 모든 걸 알려 주도록 하지."

"실제로 엔딩을 본 자가 존재하나?"

소문으론 퀘스트 월드의 엔딩을 보고 밖으로 나간 플레이어가 있다고 들었다. 그러나 게임을 직접 플레이하고 있는 김성현은 의문이 들었다.

사내는 검지로 안경의 콧대를 위로 올렸다. 그의 머릿속에 몇 명의 얼굴이 스쳐 지나갔다.

"물론."

"어떻게?"

"그거까지 알려 주면 게임이 너무 쉽잖은가."

"퀘스트 월드는 플레이어로 인해 역사가 계속해서 바뀐다. 수많은 나비효과가 그곳의 NPC를 포함해 모든 몬스터를 싹 갈아엎어 버리지."

"……"

"그런데 엔딩이 존재한다?"

엔딩은 김성현의 유일한 목표인 만큼 이룰 수 없는 목표이기도 했다.

김성현이 목숨을 걸고 이곳으로 온 이유는 간단했다. 그 해답을 듣기 위함이었다.

테베즈에게도 들을 수 있겠지만 그는 분명 거짓말을 할 것이다. 애초에 자신은 그의 장기 말에 지나지 않았다. 장기 말에게 모든 진실을 말해 줄 왕은 존재하지 않는다.

'하지만 이 녀석들은 다르다.'

테베즈가 끌어내리려고 하는 존재들이다. 저들이라면 자신에게 진실을 말해 줄 것이다. 그렇게 굳게 믿었다.

사내는 미묘하게 입꼬리를 올렸다.

"그게 궁금한가?"

"당연한 거 아닌가? 난 특이 케이스라도 네 말처럼 플레이어잖아."

"그도 그렇군. 딱히 비밀은 아니니."

"욕소!"

그때 뒤에서 가냘픈 목소리가 들려왔다.

욕소라 불린 사내는 고개만 비스듬히 돌렸다. 허벅지까지 내려오는 풍성한 금발의 아름다운 여인이었다.

김성현은 급히 누가 인간화를 했는지 확인했다. 가장 왼쪽에 있던 주황빛의 인형이 사라졌다. 계속 침묵을 유지하고 있어 존재감이 없던 자였다.

"뭔가, 니아르."

"그건 계약 위반이다."

"누가 만든 계약인가?"

욕소와 니아르는 서로를 노려보았다.

시선이 마주친 것만으로도 3차원이 버티지 못한다. 만약 슈퍼노바의 보호를 받고 있지 않았다면 김성현의 육체는 걸레짝처럼 찢겨져 나갔을 것이다.

위험천만한 상황이지만 김성현의 머릿속엔 다른 생각으로 가득 차 위험 따윈 안중에도 없었다.

'계약? 무슨 계약을 말하는 거지?'

아무래도 퀘스트 월드의 비밀 유지에 관한 계약인 모양이다. 아무리 생각해 봐도 어떤 추측도 할 수 없었다. 김성현은 입술을 깨물고 둘의 대화에 집중했다.

욕소가 입을 열었다.

"날 방해하지 말고 가만히 있어라."

"욕소……. 후회할 거다."

니아르가 가냘픈 목소리로 으르렁거렸.

욕소는 그녀를 무시하고 다시 김성현 쪽으로 고개를 돌렸다. 그러곤 웃으며 말했다.

"퀘스트 월드의 엔딩이란 건 말이다."

[그만.]

허공에서 익숙한 목소리가 들렸다. 김성현은 인상을 찌푸리며 허공을 올려다봤다.

"방해꾼이 더럽게 많군."

"이하 동감이다."

허공에 생긴 가로선에서 시작된 세로선들이 줄줄이 그어지며 공간이 열리기 시작했다.

그곳엔 뒷짐을 지고 있는 테베즈와 그를 보좌하고 있는 데몬크로스가 서 있었다.

마신을 제외한 '퀘스트 월드'의 제작에 참여했던 모두가 한자리에 모였다.

※ ※ ※

테베즈는 엔드리스 홀의 상황을 계속 주시하고 있었다.

슈퍼노바는 그의 예상을 훨씬 뛰어넘는 성장을 해내었다. 설마 자신과 같은 반열에 오를 거라곤 추호도 생각하지 못했다.

허울뿐이 아닌 '진짜' 신.

5천 년이 짧은 시간은 아니지만 그 정도 깨달음을 얻을 만한 시간은 아니었다.

어쩌면 기간테스란 종의 힘일지도 모른다. 잠재력 자체가 평범한 생물과는 궤를 달리하는 종족이니까.

그렇다고 해도 놀라운 것은 놀라운 것.

슈퍼노바는 곧장 김성현에게로 향했다. 그러곤 실제 세계와 이어지는 포탈을 만들어 내었다.

평소라면 경악했겠지만 지금의 슈퍼노바는 충분히 그럴 능력이 있었다.

무엇보다 김성현이 나가지 않을 걸 알고 있었다. 욕망에 사로잡힐 순 있어도 그 정도에 무너질 사내는 아니다.

문제는 그다음부터 발생했다.

무옥은 테베즈가 심혈을 기울여 만든 봉인 속 세계다. 퀘스트 월드와는 차별화된 곳이며, 제작자인 그가 아닌 이상 '바깥'에선 누구도 개입할 수 없다.

슈퍼노바가 바깥으로 이어진 문을 만든 것은 '안'에 있었기 때문이다. 아무래도 슈퍼노바가 엔드리스 홀을 헤집어 놓아 차원의 벽에 문제가 생긴 모양이었다.

"문제가 심각해졌다."

"어쩌실 생각입니까?"

데몬크로스가 심각한 어조로 물었다.

만약 현 운영진이 저 안으로 들어가게 되면 상황은 돌이킬 수 없게 된다.

가장 걸리는 것은 김성현이었다. 그는 분명 저들과 접촉하기 위해 발버둥 칠 것이다. 실제로도 발버둥 치고 있었다.

운영진과 슈퍼노바가 격돌하며 발생한 충격파가 한 번 더 엔드리스 홀을 엉망진창으로 만들었다. 수많은 법칙과 새롭게 만들어진 법칙, 계속 이어져 온 법칙이 충돌한다.

데몬크로스가 중얼거리듯 말했다.

"김성현의 힘이 돌아왔습니다. 그도 깨달음이 있었는지

공간 이동 능력이 한 단계 진화했습니다. 이제부턴……."

"젠장! 우리도 들어간다."

"위험합니다. 아무리 당신이어도 저들 사이에선 버틸 수 없습니다."

"가만히 있어도 마찬가지야."

"차라리 마신을 보내는 게……."

"갈!"

테베즈가 성난 목소리로 외쳤다. 모든 기물이 파괴되며 그들이 있는 공간이 모조리 깨져 나갔다.

데몬크로스는 마른침을 삼키며 그를 바라봤다.

"놈을 움직일 바엔 우주 전체를 파괴시키는 게 더 낫다는 걸 왜 모르지?"

"하지만… 알겠습니다."

대꾸하려던 데몬크로스는 그의 날카로운 시선에 고개를 숙였다. 이미 결정을 내린 이상 명령에 따를 수밖에 없다.

테베즈는 엔드리스 홀로 다시 시선을 돌렸다. 김성현이 깊은 수저 밑에서 빠져나와 그들 앞에 나타났다. 그리고 대화를 나누기 시작했다. 대화의 주제는…….

"이럴 때가 아니군. 문을 열겠다. 보조하도록."

"네."

테베즈가 무옥을 발동시켰다. 허공에 길게 뻗은 가로선

에서 위아래로 세로선이 뻗어 나왔다. 선들이 짐승의 아가리처럼 갈라지며 뒤틀린 엔드리스 홀의 전경을 선보였다.

[그만.]

그는 목소리에 언령을 실어 말했다. 모두의 시선이 그에게로 쏠렸다.

문이 다 열렸고, 한 걸음 안으로 발을 집어넣었다.

광채의 형태를 하고 있는 자들을 보자니 절로 웃음이 나온다.

테베즈가 비꼬듯 말했다.

"참으로 오랜만이군. 그동안 잘 지냈나? 스트레스는 괜찮고?"

[이 자식……!]

혼돈과도 같은 자가 꿀렁이는 주먹을 말아 쥐었다. 테베즈의 시선이 그에게 향했다.

"흠, 네가 여긴 왜 있지?"

짐짓 무시하는 투로 묻는 테베즈. 혼돈과도 같은 자는 얼굴의 형태를 주름 가득 찡그렸다.

테베즈가 손가락을 튕기며 뭔가 생각났다는 듯 말했다.

"아하! 마신 녀석의 빈자리를 네가 메우는 거구나? 그런데 수준이 너무 낮지 않나? 뇨호호호!"

그러곤 특유의 기분 나쁜 웃음을 터트렸다.

혼돈과도 같은 자의 모습이 감정을 대변하듯 꿀렁이며 인간의 모습으로 변했다.

몸 전체를 감싸는 푸석한 산발에 눈 밑 음영이 짙은 거지꼴의 모습이었다. 썩은 악취까지 흘러나왔다.

"이 쓰레기 같은 자식이! 누구보고 수준을 논하는 거냐!"

"그만."

욕소가 팔을 뻗어 그를 말렸다. 거지꼴 사내는 눈에 핏대를 세우며 소리쳤다.

"자꾸 뭘 그만하라는 거야! 말리지 마! 저 새끼 뒤졌어!"

"그러니까 네 수준이 낮다는 거다."

"너까지 날 무시하는 거냐? 그런 거야? 어?"

[까불지 마라, 누기르.]

언령으로 말한 욕소의 경고에 누기르라 불린 거지꼴의 사내는 굳을 수밖에 없었다.

테베즈가 피식 웃으며 욕소를 보았다.

"잘 지냈나?"

"그럭저럭. 자네도 꽤 괜찮아 보이는군. 어찌어찌 살아남긴 한 걸 보면."

"뇨호호……. 그대의 자비 덕분이겠지. 그 녀석은 그렇게 생각 안 하는 모양이지만."

"그렇군. 그는 잘 지내나?"

"끼어들어서 미안한데……."

테베즈와 욕소가 한창 대화를 나누고 있을 때 누군가의 목소리가 그곳을 파고들었다.

김성현은 두 존재를 번갈아 보며 말했다.

"안부 인사는 내 궁금증이 해결되고 나서 하면 안 될까?"

"크크!"

뒤에 있던 슈퍼노바가 작게 웃음을 터트렸다. 욕소는 실례했다는 얼굴로 사과했다.

"미안하군. 너무나 반가운 얼굴이라 그만 자네를 잊고 있었군."

"그 건 때문에 내가 이곳에 온 거야."

김성현이 테베즈를 돌아봤다. 그는 데몬크로스를 이끌고 자신들을 향해 천천히 다가왔다.

니아르가 요염하게 머리카락을 귀 뒤로 넘기며 테베즈에게 물었다.

"이렇게 가까이 와도 되겠어?"

"거리를 두는 게 좋을 것 같다만."

그녀의 말을 회색빛 인형이 이어 받았다.

테베즈는 누기르를 대할 때와는 다른 태도로 그들의 경고에 화답했다.

"안 될 게 뭐가 있나? 다 그리운 얼굴들 아닌가?"

"흐흐……. 그리운 얼굴이라."

지금까지 조용히 있던 푸른빛의 인형이었다.

슈퍼노바가 김성현에게만 들리는 목소리로 속삭였다.

"저 녀석, 욕소란 녀석만큼이나 위험하다. 조심해라."

"그래."

슈퍼노바가 자신에게 왜 이렇게 잘해 주는지는 모르지만 그의 말을 들어서 나쁠 건 없다.

푸른빛의 인형이 인간화하며 머리칼을 뒤로 쓸어 넘겼다. 니아르와 견주어도 부족하지 않은 미모의 여인이었다.

욕소가 그녀의 이름을 나지막이 불렀다.

"슈브."

슈브라 불린 여인은 욕소의 부름을 무시하고 테베즈를 노려봤다. 거대한 압박감과 모든 생을 나락으로 빠트려 버릴 듯한 권능이 느껴졌다.

슈퍼노바도 이번 건 꽤 무리가 가는지 몸을 부르르 떨었다.

"과연 모든 생명과 탄생을 관장하는 존재답군."

"그게 무슨 소리지?"

"말 그대로다. 저 존재는 원한다면 세상의 모든 생물을 만들 수도, 죽일 수도 있는 권능을 타고났다. 그리고 그건 네가 생각하는 단순한 탄생과 죽음과는 전혀 다르다."

"이해가 안 가……."

"그럴 테지. 널 제외한 이곳의 모든 존재는 우주 탄생 이전부터 존재하던 자들이다."

우주 탄생 이전의 존재들. 김성현은 간담이 서늘해지는 걸 느꼈다.

언젠간 저들을 쓰러트리겠다는 일념 하나로 강해졌고, 앞으로도 강해질 생각이었다.

그런데 그게 과연 가능할까? 노력한다고, 목숨 걸고 구른다고 저 몇 번이고 초월한 절대자들을 상대할 수 있을까?

김성현은 자신이 생츄어리에서 무지갯빛 기운을 사용했을 때를 떠올렸다.

테베즈는 자신의 힘에 겁먹은 것처럼 보였지만 실상은 달랐다. 그는 처음부터 마신의 부활을 두려워했던 것이다.

무지갯빛 기운은 그에게 그다지 위협이 안 될지도 모른다. 그 말은 이곳에 있는 자들 역시 마찬가지라는 것.

주먹에 힘이 들어갔다. 수저 깊은 곳에서 얻은 깨달음조차 이곳에선 통용되지 않는다.

'레벨이… 너무 다르다.'

그러거나 말거나, 테베즈와 슈브는 서로 차가운 얼굴을 한 채 대화를 주고받고 있었다.

테베즈는 담담한 얼굴로 물었다.

"내가 못할 말이라도 했는가?"

"같잖구나, 테베즈여."

"같잖다라……. 우습군."

그의 뒤에 있던 데몬크로스가 날개를 활짝 펼쳤다. 슈브가 비웃음을 터트렸다.

"푸흡! 그런 꼬맹이를 나와 싸우게 할 생각인가?"

"그럴 리가."

데몬크로스는 우주에서도 먹힐 정도로 강력하다. 그러나 우주를 초월한 존재를 이기기엔 한참이나 부족했다. 그 사실을 본인도 알고 있었다.

테베즈가 말했다.

"넌 언제나 위에서 날 내려다봤지. 아무것도 한 것이 없는 주제에 말이야."

"당연하다. 나 같은 격 높은 존재가 직접 손을 쓴다면 그것도 이상하지 않나?"

슈브의 도발적인 말에 테베즈가 눈썹을 꿈틀거렸다.

욕소가 한숨을 내쉬며 그녀를 만류했다.

"거기까지 해라."

"명령하지 마라."

"건방지구나, 슈브."

니아르였다. 슈브가 콧잔등을 씰룩이며 그녀에게 경고했다.

"죽고 싶지 않다면 가만히 있어라. 설마 그분이 뒤에 있다고 건방지게 주둥이를 놀리는 건 아니겠지?"

"격을 논하는 녀석이 격 높은 자에게 말을 함부로 하는군. 벌레가."

"벌레?"

니아르와 슈브가 죽일 듯 노려보며 살기를 일으켰다. 지켜보던 테베즈가 코웃음 치며 말했다.

"여전히 개판이군."

"닥쳐라!"

참지 못한 슈브가 테베즈에게 손을 뻗었다. 욕소가 한숨을 내쉬며 그 힘을 무마시켰다.

김성현의 눈이 휘둥그레졌다.

방금 슈브가 펼친 힘은 이 세상의 것이 아니었다. 법칙을 거스르는, 그렇기에 너무나도 소름 끼치는 힘이었다. 그런 걸 욕소가 손을 휘젓는 걸로 소멸시켰다.

슈브가 화를 냈다.

"무슨 짓이야!"

"적당히 하라고 했잖아."

언령은 아니었지만 목소리에 묻어 나오는 살기는 김성현을 백 번도 넘게 죽일 수 있는 수준이었다. 정말 슈퍼노바 때문에 여러 번 살아남았다.

"미친 괴물들……."

"흠, 도망치는 게 나으려나."

슈퍼노바가 진지하게 말했다. 지금처럼 혼란한 상황이라면 잘만 하면 도망치는 것도 가능하다.

김성현은 고개를 저었다. 아직 답을 듣지 못했다. 어차피 이곳에서 벗어나 봐야 진실은커녕 편린조차 잡지 못할 것이다. 평생을 퀘스트 월드에서 뒹굴 바에는 이곳에 목숨을 거는 게 낫다.

"네 생각이 그렇다면야."

슈퍼노바는 쉽게 수긍했다. 자신을 버리고 가도 될 텐데 그가 왜 이러는지 도통 이해가 가지 않았다. 물어볼 상황도 아니었기에 잠자코 지켜봤다.

"내가 왜 네가 시키는 대로 해야 하는 거지?"

누기르와 달리 슈브는 반항적인 표정으로 그를 노려봤다. 욕소도 그녀만큼은 쉽게 대할 수 없는지 이마를 짚었다. 뒤에서 니아르의 조소 섞인 목소리가 들려왔다.

"한심한 것. 주제도 모르고 날뛰는 꼴이 우습네."

"진짜 죽고 싶어서 환장했어?"

슈브의 파란 머리칼이 위로 솟구쳤다. 욕소는 그녀의 어깨에 손을 올렸다.

김성현은 더 이상 커지지 않을 정도로 눈을 부릅떴다. 그는 떨리는 입술을 천천히 벌렸다.

"이게… 대체 뭐야?"

"…이건 좀 위험하다."

슈퍼노바의 경고가 들려왔다. 김성현은 떨리는 동공을 진정시키지 못했다.

과거와 현재, 미래가 공존하고 있다. 차원이 갈라지며 수백 장의 면으로 분열하고, 그곳에 욕소를 제외한 모두가 비쳐지고 있었다.

놀라운 것은 그 모습이 과거의 모습과 지금의 모습, 그리고 앞으로 할 모습을 각각 보여 주고 있었다. 물 흐르듯 아주 자연스럽게 말이다.

테베즈는 김성현은 힐긋 보고 데몬크로스에게 말했다.

"찰나다. 할 수 있겠나?"

"최선을 다하겠습니다."

"그래. 상대는 전지전능한 존재들의 왕, '요그 소토스'다."

데몬크로스의 고개가 무겁게 끄덕여졌다.

✹ ✹ ✹

우주란 모든 차원의 집합체를 뜻한다. 그렇기에 방대하며, 끝을 알 수 없을 정도로 거대하다.

그리고 그 우주를 지배하는 집단이 존재한다. 집단명은 존재하지 않는다. 무리를 이루고 있기에 집단이라 부르는 것뿐이다.

그곳에 속한 존재들은 하나같이 전지전능하며, 차원 규모 정도는 우습게 지울 수 있는 힘을 가졌다.

그들은 모두 개성적이다. 평소엔 광채가 흐르는 형태를 하고 있지만 실제 모습은 천차만별.

필멸자든, 불멸자든 뒤떨어지는 격을 갖췄다면 그들을 마주하는 것만으로 미쳐 버린다.

심지어 행성 단위는 물론이고 차원 단위의 신조차 그들을 알되, 인지하지 못한다.

그저 이렇게 부를 뿐이다. 외우주(外宇宙)의 신(神).

그리고 그들의 대표가 바로 요그 소토스. 존재 자체가 시공간인 격 높은 존재이다.

"저자의 눈을 피하는 건 불가능하지만, 나라면 어떻게든 만들어 낼 수 있다."

테베즈 역시 외우주의 신 중 하나.

비록 요그 소토스만큼 알려지진 않았지만 애초에 외우주의 신들은 자신들과 동급이 아닌 이상 모두 벌레 취급한다.

벌레들이 자신을 알아주지 않는다고 기분이 나쁘거나

하지 않았다.

아니, 관심이 없으니 알지도 못했다. 어딘가에 자신들을 추종하는 광신도들이 있다고 들어도 듣는 선에서 끝났다. 모든 외우주의 신들이 그럴 것이다.

지금 테베즈의 머릿속은 온통 요그 소토스의 권능을 잠시나마 막는 것에 집중돼 있었다.

그리고 때가 되었다. 슈브가 정색하며 요그 소토스를 돌아본 순간 언젠가부터 테베즈의 손에 들린 비석이 빛을 뿜었다.

[우보오오오!]

요그 소토스의 몸에서 거품이 잔뜩 일며 급격히 덩치를 불리기 시작했다. 수많은 촉수가 뽑혀 나오며 거대한 눈동자가 번쩍 뜨였다.

이상함을 눈치챈 다른 관리자들은 급히 자신들이 머무는 차원으로 이동했다.

테베즈가 씩 웃으며 말했다.

"오랜만에 내 이름을 듣는군. 언젠간… 그 이름을 돌려받겠다, 요그 소토스."

[보내 주리라 생각하는가!]

"데몬크로스!"

"됐습니다!"

"이거 놔! 이 개 같은 새끼야! 날 좀 도와줘!"

어느새 데몬크로스의 손에 붙잡힌 김성현이 발버둥 치며 슈퍼노바에게 도움을 요청했다. 그러나 돌아온 것은 거절의 대답이었다.

"이 판단이 옳다. 여기에 있으면 죽는 걸로 끝나지 않아."

"…고맙군."

데몬크로스는 자신을 그냥 보내 주는 슈퍼노바에게 감사를 표했다. 만약 그가 보내 주지 않았다면 김성현을 이곳에 두고 가야만 할 것이다.

'무섭군.'

약 5천 년 만에 외우주의 신들과 동격이 되다니.

데몬크로스는 약간의 열등감을 느끼며 차원문을 열고 밖으로 사라졌다.

슈퍼노바의 시선이 두 존재의 전투로 향했다.

비석에서 쏟아지는 광선이 요그 소토스를 요격한다. 시공간 자체인 그에게 공격이 통할 리 없으나, 어째서인지 비석의 광선은 계속해서 들어갔다.

[크윽! 이 자식……! 언젠가 그 비석째로 널 소멸시켜 주마! 배신자!]

"너야말로 목 닦고 기다리고 있어라. 그리고 조만간 '그 친구'가 널 찾아갈 거야."

본모습이 된 요그 소토스는 표정이 없었지만, 만약 사람의 형태였다면 얼굴을 찡그렸을 것이다.

슈퍼노바도 더 이상 이곳에 볼일이 없다 판단하고 다른 차원으로 이동했다. 직후 테베즈가 이동했고, 요그 소토스는 그에게 저주의 말을 뿌리며 원래 차원으로 돌아갔다. 동시에 엔드리스 홀이 어둠과 함께 무너져 내렸다.

※ ※ ※

김성현이 눈을 뜬 곳은 백색의 공간이었다.

"이런 빌어먹을 새끼!"

그는 옆에 서 있는 데몬크로스를 향해 주먹을 날렸다. 데몬크로스는 팔을 들어 주먹을 막았다.

그의 눈가에 미세한 경련이 일어났다. 주먹의 위력이 대단한 탓이었다. 김성현이 퀘스트 월드에서 숱하게 구르며 강해졌다는 건 알고 있었다.

"강해졌군."

"널 죽인다는 일념하에 노력 좀 했지!"

김성현이 시야에서 사라졌다. 데몬크로스는 곧장 그의 위치를 찾아내려 했지만 불가능했다. 10레벨로 오른 공간이동은 이미 차원의 레벨까지 도달해 있었다.

그렇다고 맞아 줄 생각은 없었다. 마기를 일으켜 갑옷처럼 몸에 둘렀다. 그리고 흑빛 삼지창을 소환해 한 바퀴 크게 돌렸다.

파직!

뒤에서 번개 튀는 소리가 들렸다.

'뒤가 아니다.'

뒤에서 난 소리는 분명 속임수다. 그의 입이 위로 비죽 솟았다.

"크크크!"

길게 뻗은 삼지창을 바닥에 꽂았다. 쿵! 소리와 함께 백색 공간이 진동했다. 공간을 일그러트릴 정도의 충격파가 백색 공간 전체로 퍼졌다.

공간 이동이 결국 공간에 한정된 기술이라면 방금 충격파에서 빠져나가지 못한다. 그러나 그는 한 가지 잊은 게 있었다.

"멍청한 놈."

뒤에서 김성현의 목소리가 들렸다.

속임수가 아니었단 말인가?

데몬크로스는 꼬리뼈에 힘을 주었다. 그러자 살갖이 찢어지며 기다란 도마뱀의 꼬리가 자라났다.

휘익!

자라난 꼬리가 채찍처럼 등 뒤를 휘저었다.

"병신."

이번엔 머리 위에서 들렸다.

데몬크로스의 이마에서 제3의 눈이 떠졌다. 참으로 기괴한 육체라고 김성현은 생각했다.

하지만 이번엔 자신의 승리다. 그렇게 자신했다.

푸른 전격을 머금은 주먹이 데몬크로스의 머리를 후려쳤다.

"큭!"

"뭐야? 저번에 만났을 땐 이 정도 아니었잖아?"

지금 김성현에겐 아무런 장비도 없는 상태다. 그런데도 데몬크로스를 쓰러트릴 수 있을 것 같았다.

놈의 가슴에 익스플로전을 시전했다.

콰아아앙!

위력이 전보다 몇 배는 증가했는지 엄청난 폭발이었다.

거기서 끝이 아니었다. 신성력으로 끊임없이 재생력을 높이고, 간단한 마법을 난사하며 번개로 요격했다.

지금 있는 이 공간은 에어리어 룰러로 김성현의 영역이 되었다. 데몬크로스가 공간에 충격파를 일으킨 건 뛰어난 발상이었다. 상대가 좋지 못했을 뿐이다.

"많이 강해졌군."

폭연 속에서 붉은 안광이 흘러나왔다.

지구에서의 결전이 떠올랐다. 아니, 결전이라 하기도 뭐한 일방적인 패배였다.

그때의 김성현과 데몬크로스는 절대 좁혀지지 않는 벽이 몇 개 존재했다.

지금은?

"내가 많이 강해진 거겠지?"

"그래서 신나나?"

"당연한 거 아니야? 내 동료를, 고향을, 지구를 멸망시킨 게 너잖아. 넌 오늘 죽는다. 드디어 모두의 복수를 이룰 수 있게 됐어. 내가 이 순간을 얼마나 기다려 왔는지 알아?"

김성현은 광기로 젖은 눈을 희번덕거렸다. 지난날의 고통이 아드레날린이 되어 고양감이 일었다.

데몬크로스를 죽인다면 자신을 묶고 있는 족쇄 하나가 나가떨어진다.

뇌기에 머리털이 뻣뻣하게 솟았다. 전신이 오랜만에 푸른 번개로 물들었다. 푸른 전류가 꼬리처럼 그가 움직이는 방향에 따라 늘어졌다.

데몬크로스는 오른발로 땅을 세게 찼다. 거체의 몸이 고속으로 김성현을 향해 날아갔다.

허공에서 김성현과 데몬크로스의 각축전이 벌어졌다.

하얀 공간이 튼튼했기에 망정이지, 대륙 정도는 쉽게 무너트릴 수 있는 충격파가 발생했다.

삼지창이 김성현의 어깨를 꿰뚫었다.

"큭!"

뜨거운 통증에 급히 어깨를 빼냈다. 신성력을 계속해서 활성화시킨 탓인지 상처는 급속도로 아물었다.

"놀랍군. 인간이란 게 이렇게 급격히 성장할 수 있는 종이었나?"

그가 알기로 인간은 지성체 중 가장 재능이 없는 종이었다. 그들은 그저 뭉치기 좋아하고, 타 종족에 비해 감정의 종류가 풍부하단 것만 빼면 별것도 없었다.

가끔 인간 중에도 엄청난 재능의 소유자가 있었다. 그러나 그런 재능은 타 종족들에게선 심심찮게 보이는 것이었다.

김성현도 그 정도 재능의 소유자였다. 거기다 특이 케이스인 덕분에 초고속 성장을 이룰 수 있었다. 이대로 천 년만 더 고생한다면 우주적 존재가 될 수 있을 것이다.

그런데 지금 도달해 버렸다. 그 정도 경지에.

데몬크로스는 테베즈 덕에 우주 전반의 지식을 모두 습득한 상태였다. 단언할 수 있다.

"넓은 우주에 너 같은 녀석은 존재하지 않아."

엔드리스 홀에서 길어 봐야 300년 못 되게 살았다. 인간의 기준에선 엄청난 세월이지만, 큰 깨달음을 얻기엔 한없이 부족했다.

하지만 그걸 김성현이 해냈다.

슈퍼노바처럼 외우주의 신격이 된 건 아니지만, 당장 자신과 대등하게 싸우고 있지 않은가?

김성현이 피식 웃었다.

"그게 그렇게 놀라워?"

"당연히. 요그 소토스가 너에게 관심을 가진 이유가 그것 때문일 수도 있겠군."

"후……. 그런데 그거 아냐?"

"무얼 말이지?"

"네가 어떤 것에 놀라든 말든 관심 없다는 거다. 난 여기서 널 죽일 거고, 엔딩의 진실을 반드시 알아내겠어. 너를 통해서."

"그렇군."

데몬크로스가 대수롭지 않다는 듯 대꾸했다. 그게 마음에 들지 않았다.

김성현은 이를 악물고 공간 이동을 사용했다.

10레벨의 공간 이동은 전처럼 바로 발동되지 않았다. 정확히는 원할 때 모습을 드러낼 수 있었다. 그 전까진 이면 세계에서 상황을 지켜볼 수 있게 된 것이다.

찌리릿!

허공에서 수많은 새가 한꺼번에 지저귀는 소리가 들렸다.

데몬크로스는 날개를 활짝 폈다. 바로 밑에서 김성현의 모습이 조금씩 색감을 드러내며 나타났다.

예측을 한 것인지 그의 머리 위로 삼지창이 떨어졌다.

후욱!

데몬크로스의 눈이 조금 커졌다.

김성현은 삼지창에 분명 꿰뚫렸다. 그러나 그건 홀로그램 느낌의 잔상이었다.

펼친 날개를 접어 등을 보호했다. 앞 아니면 뒤라고 생각했기 때문이다.

"좀 더 머리를 썼어야지."

"크억!"

데몬크로스는 가슴에서 느껴지는 묵직한 통증과 이어진 짜릿함에 짧은 비명을 질렀다. 아무것도 없는 가슴 앞쪽에서 인간의 형상이 조금씩 나타났다.

"크윽……. 투명화?"

"난 그런 거 할 줄 몰라."

풍성한 가슴 털을 꽉 잡은 김성현이 몸을 한 바퀴 돌려 무릎으로 그의 턱을 찍었다. 우직! 소리와 함께 데몬크로스의 고개가 돌아갔다.

김성현은 거기서 멈추지 않고 신성력을 손끝에 집중시켰다. 데몬크로스는 마왕의 수준을 한참이나 뛰어넘은 괴물이었지만 종 특성상 신성력에서 자유로울 순 없다.

은빛의 신성력이 넘실거리며 데몬크로스를 감쌌다.

그때 허공에서 튀어나온 손이 김성현의 팔을 붙잡았다. 신성력이 허공으로 흩어졌다.

"테베즈."

"이런, 이런! 큰 사고를 칠 뻔했군."

"칫!"

김성현은 그의 손을 떨쳐 내고 뒤로 물러났다.

붙잡혔던 손목이 욱신거렸다. 새빨갛게 손자국이 새겨져 있다.

'별로 세게 잡은 것 같진 않은데……'

"그 녀석과 싸우느라 좀 걸릴 거라고 생각했는데."

"무기가 있어서 말이지. 상황도 나쁘지 않았고. 최악이긴 했지만."

테베즈가 차가운 눈빛으로 말했다.

전에도 무시무시한 늙은이라고 생각했지만, 오늘따라 유독 넘을 수 없는 산처럼 보였다.

하지만 겁만 먹고 있을 수는 없다.

"거긴 왜 찾아온 거지?"

"네가 거기에 있었으니까. 나도 한 가지 묻지. 넌 대체 무슨 생각으로 그곳으로 간 거지?"

계속 호수 밑으로 가라앉았다면 상황이 이 정도까지 오진 않았을 것이다.

"내가 원하는 걸 얻을 수 있을 것 같으니까. 당신 때문에 다 실패했지만."

"순진한 건지, 멍청한 건지 모르겠군. 요그 소토스가 너에게 모든 걸 알려 주고 그냥 보내 줬을 거 같나?"

"요그 소토스?"

욕소라 불린 사내의 진명인 모양이었다.

'사내도 아니지.'

거품이 잔뜩 달린 촉수 괴물이 본체였다. 인간의 모습은 가짜였을 뿐이고.

테베즈는 들고 있던 비석을 어딘가로 보내고 김성현을 노려보았다.

"요그 소토스는 분명 너에게 엔딩에 관련된 정보를 알려 줬겠지. 그리고 대가를 받았을 것이다."

"그 정돈 생각하고 있었다."

"그래, 누구나 생각은 할 수 있지. 그러나 알량한 인간의 두뇌 따위로 외우주의 신들의 왕을 판단할 수 있을까?"

그들과 같은 반열에 오른 슈퍼노바조차 그를 무척이나

경계했다.

김성현은 대답하지 못했다. 테베즈는 그게 당연한 거라 생각했다.

"넌 나에게 고마워해야 한다. 어찌 보면 내가 널 살린 셈이니까."

뻔뻔스러운 테베즈의 말에 김성현의 얼굴이 구겨졌다. 잡소리도 저 정도면 프로페셔널하다.

김성현은 뒷목을 문질렀다.

"좋아. 네가 날 살렸다 치고, 그럼 당신이 대답해 봐. 엔딩이란 게 존재는 해?"

"내가 말해 주지 않을 거란 걸 알기에 요그 소토스에게 물었던 게 아닌가?"

"그럼 뭐 어쩌라는 거야?"

"거래를 하지. 엔딩까지 도달하는 법을 알려 줄 순 없다. 대신 힘을 주도록 하겠다."

"힘?"

"원랜 이렇게까지 안 하려 했지만 상황이 너무 안 좋아졌어. 놈들이 너란 존재를 인식한 순간부터 지금처럼은 살 수 없을 거다."

"쉽게 말해, 쉽게."

"너에게 걸린 모든 시스템적 제약을 없애 주마. 대신 엔딩과 관련된 것은 너 혼자 찾도록. 어떤가?"

테베즈의 파격적인 제안에 김성현의 눈에 이채가 스쳤다. 나쁘지 않은 제안이다.

'어떻게 하지?'

김성현은 신중히 고민했다. 그리고 결정했다.

"나는."

Chapter 3

한 남자가 수많은 악마들의 시체 더미 위에 앉아 있다. 그는 투명한 병 안에서 찰랑이는 술을 들이켰다.

"푸하~ 좋다~"

악취 가득한 시체 더미에서 할 말은 아니었다.

남자는 아직까지 죽지 않은 악마 하나를 보았다.

"너도 참 질기구나."

"…괴물."

악마는 두려운 눈으로 남자를 보았다.

남자로 인해 수백만에 달하는 악마가 몰살당했다. 그것도 고작해야 1~2분 정도밖에 걸리지 않았다. 그중에 상위 마왕이 속해 있었다고 하면 아무도 믿지 않을 것이다.

그러나 악마는 보았다.

다섯 번째 좌의 마왕, 베히모스.

코끼리를 닮았으며, 세상 그 어떤 존재보다도 거대하다고 알려진 그는 생물로서 죽일 수 없다고 판단이 내려진 괴물이었다.

평소 크기만으로도 하늘을 가릴 정도였고, 마음만 먹으면 행성보다 더 커질 수 있었다.

한때 요정 여왕 셀레니우스와의 계약으로 인한 사건으로 힘이 약해지긴 했지만 어느 정도 회복한 상태였다.

첫 번째 좌의 마왕, 사탄이라 해도 승리할 수 있을지언정 죽이는 건 불가능했다.

남자가 씩 웃으며 말했다.

"그래. 너희 기준에선 내가 괴물일 수도 있겠지. 하지만 그거 알아? 우주는 아주 넓어서 나 정도는 사실 요만한 정도밖에 안 돼."

남자는 검지와 엄지를 아주 살짝 띄워 악마에게 보여 주었다.

당연히 악마는 자신을 놀리는 거라 생각했다. 드넓은 우주를 모른다면 당연한 생각이었다.

남자도 그 사실을 알고 있었기에 그의 불신을 뭐라 하지 않았다.

"그만 편하게 해 주지."

"…너같이 강대한 존재는 언젠가 세상을 망치겠지."

"악마에게 그런 소릴 듣고 싶진 않군."

"크크……. 균형은 깨졌다."

"다시 말하지만."

남자가 말을 멈추고 숨을 들이마신 뒤 다시 입을 열었다.

"넓은 우주에서 이런 차원 따위의 균형, 별것도 아니야."

퍽!

악마의 머리통이 터졌다.

남자, 렘은 남은 술을 입에 털어 넣고 자리에서 일어났다. 드디어 한 에피소드가 또 끝났다.

[데카르트:끝남?]

렘이 좀 쉬려고 할 때 눈앞에 통신창이 열렸다.

"좀 쉬려고 했더니……."

그는 귀찮은 얼굴로 통신을 무시할까 하다가 나중에 갈굼당하기 싫어 허공에 뜬 마이크 버튼을 눌렀다.

"그래."

[데카르트:빨리 끝났넴.]

"판데리아 에피소드면 빨리 끝내야지. 짬이 얼만데."

[데카르트:그거 인정. 개노잼.]

"아니, 근데 너 그 말투 어떻게 안 되냐?"

[데카르트:내 말투 재밌지 않남? 개꾸르잼! 얽ㅋㅋ!]

렘은 통신창이 싫었다. 머릿속에서 목소리가 들리는 것만으로 충분한데, 자동으로 채팅 변환까지 이루어지니 지금처럼 보기 싫은 것도 볼 수밖에 없었다.

[데카르트:이제 뭐 할 거?]

"글쎄다? 노인네가 말했던 부분까지 해치웠으니 좀 쉬어야겠지. 다음 명령이 올 때까지."

[데카르트:님 많이 바뀜. 인정?]

바뀌었다라.

렘이 피식 웃었다.

데카르트의 말처럼 그는 많이 바뀌었다. 하지만 바뀌지 않은 부분도 있었다.

데카르트는 그와 오래전부터 같은 배를 탄 동지.

"계획은 얼마나 진행됐어?"

[데카르트:함부로 계획 얘기 꺼내도 돼?]

계속 이상한 말투를 고집하던 데카르트가 처음으로 정상적으로 말했다.

렘은 하늘을 올려다보았다. 어느 정도 경지까지 오른 후부터 '시선'을 느낄 수 있었다.

티를 내진 않았지만 시선은 매우 불쾌했다. 일방적이었

기 때문이다. 보이지 않는 곳에서 누군가 자신을 본다고 생각하면 소름이 돋았다.

그러나 지금은 아무런 시선도 느껴지지 않는다. 무슨 일인지는 모르겠지만 지금은 말을 조심할 필요가 없었다.

"아무런 시선도 안 느껴져. 상관없어."

[데카르트:너의 말이라면 믿을 수 있지. 어디 보자……. 렌드론 차원이 통일됐어. 그 과정에서 베니엄 자식이 죽긴 했지만 계획만 성공하면 되살릴 수 있으니까.]

"베니엄……."

쾌활한 미소가 트레이드 마크인 베니엄의 얼굴이 떠올랐다. 몇 번 만나진 못했지만 같은 목적을 향해 한배를 타고 끊임없이 항해하는 동료였다.

'너무 빨리 내린 거 아니냐.'

렘은 답답함에 한숨을 푹 쉬었다.

이래서 술을 끊을 수가 없다. 올해에만 벌써 3명이 죽었다. 계획이란 걸 성공시키기 위해.

자신도 예외는 아니었다. 지금까진 계속해서 살아남았지만 앞으로도 살아남을 거란 보장은 없다. 더군다나 차원 하나를 통일시킨 지금이라면 맞설 적들은 우주 단위까지 넓어질 것이다.

렘은 굳은살이 가득한 손바닥을 보았다.

"조금만 더 노력하자. 그럼 노인네의 손아귀에서 독립할 수 있다. 퀘스트 월드에서 해방될 수 있어."

[데카르트:물론이지.]

렘은 많은 부분이 바뀌었다. 하지만 아까 말했듯 바뀌지 않은 부분도 있었다. 바로 테베즈를 향한 복수심이었다.

더 이상 그의 장기 말로 살 수 없다. 개처럼 굴려질 생각도 없었다.

"우린 노예가 아니다."

[데카르트:지당한 말씀.]

"김성현은 어떻게 됐지?"

렘은 김성현이 생츄어리에서 벌인 일을 기억하고 있었다.

마신의 시간 역행으로 모든 사람들의 기억이 이전으로 돌아갔다.

다만 그는 예외였다. 당시에 이미 시공간을 초월한 상태였다. 외우주의 신격인 마신이었지만, 그가 쓴 힘은 그리 대단한 게 아니었다. 만약 외우주의 시간을 돌린 거라면 그라도 피할 수 없었을 것이다.

여튼 그곳에서 김성현의 활약을 지켜봤다. 특히나 그 무지갯빛 기운은 아주 인상적이었다. 그 기운의 원주인을 알고 있었기에 더욱 매력적이게 느껴졌다.

데카르트의 대답이 들려왔다.

[데카르트:생츄어리의 대도서관으로 간 직후부터 갑자기 사라졌어.]

"사라졌다고?"

이건 무슨 뚱딴지같은 소리인가?

잘못하면 길을 잃을 정도로 대도서관의 규모가 크긴 하다. 그렇다고 움직임을 놓칠 정도는 아니었다.

애초에 지금 김성현을 감시하는 자는 추적에 특화된 자였다. 심지어 그보다 실력이 뛰어났기에 들킬 염려도 없었다.

렘은 이마를 짚었다.

"멜딕이 뭐라고 하는데?"

멜딕은 김성현의 감시를 맡은 자의 이름이었다.

[데카르트:고대 역사 파트 쪽으로 가기에 따라갔대. 그곳은 플레이어들이 거의 가지 않는 장소라 들킬 염려가 있어서 거리를 두고 쫓아갔는데, 갑자기 인기척이 사라져서 확인해 봤더니… 띠용~]

"거짓말이지?"

[데카르트:멜딕이 주변에 뭐가 있나 하고 살펴봤는데, 이상한 점은 딱히 보이지 않았대. 그 뒤로 좀 더 조사해 봤지만, 역시나 꽝!]

"그 녀석은 무슨 책을 찾으러 거기까지 간 거야?"

[데카르트:그것까진 모르지. 거리를 두고 있었으니까.]

머리가 복잡해졌다.

"하아……. 알겠다. 일단 정보망을 최대한 넓혀서 위치를 추적해 봐. 대도서관에서 갑자기 죽었을 리는 없으니 어딘가에 분명 있겠지."

[데카르트:오키~]

통신이 끊겼다.

렘은 골치가 아파 왔다. 가뜩이나 동료가 전사했다는 소식에 답답한 상태였다. 그런데 김성현의 실종 소식까지 들으니 확 짜증이 났다.

'그 녀석은 어떻게 됐지?'

렘은 라그나로크, 혹은 기간토마키아의 수장, 아셀라우시스를 떠올렸다.

특이 케이스는 아니지만, 소문으론 엔딩에 근접했다고 들었다. 또한 자신이 만든 조직으로 퀘스트 월드에서 뭔가를 하려는 낌새도 있었다.

여러모로 눈엣가시다. 그도 언젠가는 처리해야 한다.

"후……. 일단 가서 좀 쉬어야겠군."

렘이 반지에 기운을 불어넣자 한 사람이 들어갈 정도의 포탈이 열렸다.

생츄어리로 이어진 곳이 아니었다. 그가 직접 만든 '개인 차원'이었다.

그래 봤자 테베즈의 손바닥 안이긴 하지만, 언젠간 그의 시선도 완전히 차단할 수 있을 것이다.

그리고 그 시기가 머지않았다.

"김성현······."

김성현의 이름을 중얼거린 렘은 포탈을 닫았다.

* * *

김성현의 대답을 들은 테베즈는 미묘한 표정이 되었다.

"욕심이 과한 것 아닌가?"

"내게 그런 제안을 한 것 자체가 그쪽이 아쉽다는 거잖아."

김성현이 여유롭게 웃으며 대꾸하자 테베즈가 앓는 소리를 냈다.

그의 제안은 리스크가 너무 컸다. 그렇다고 못 들어줄 만한 건 아니었지만, 그의 비상식적인 성장 속도를 본다면 막대한 손해가 될지도 모른다. 벌써부터 데몬크로스와 호각 이상의 모습을 보이는 김성현이다.

'데몬크로스가 구속구를 풀진 않았다지만······.'

현재 데몬크로스의 심장엔 테베즈가 거래 조건으로 심어 놓은 구속 장치가 설치되어 있다.

30퍼센트의 힘을 억제한 장치인데, 그걸 감안해도 김성현은 분명 강했다.

구속구를 푼다면 정말 재밌는 싸움이 될 정도로.

물론 풀어 줄 마음은 요만큼도 없었다.

'그래. 까짓것……. 설마 되겠어?'

결정을 내린 테베즈가 김성현의 눈을 똑바로 보았다.

"결정을 내렸어?"

"좋다. 들어주지."

"거래 성사다. 언제 들여보내 줄 거지?"

"…지금 당장 해 주지."

테베즈의 제의에 김성현이 내건 조건.

그것은 비상식적으로 느린 시간의 전투 공간을 마련해 달라는 것이었다.

슈퍼노바는 아무것도 없는 엔드리스 홀에서 5천여 년을 버티고 절대자로 거듭났다. 자신이라고 그러지 말라는 보장은 없었다.

그 시간은 길고 고될 것이다. 어쩌면 후회할 수도 있다.

하지만 그것만 견뎌 낸다면 자신도 그 반열에 설지도 모른다. 그렇게만 되면 눈앞의 장애물을 한꺼번에 뛰어넘을 수 있을 것이다. 어쩌면 퀘스트 월드의 진실을 깨달을 수도 있다. 슈퍼노바를 보면 불가능한 건 아니었다.

'난 나를 믿는다.'

김성현이 주먹을 꽉 쥐었다.

테베즈가 불안한 눈초리로 데몬크로스에게 손짓했다.

"가속기를 가져와."

"진짜 들어줄 생각입니까?"

"그래. 어차피 슈퍼노바처럼은 절대 될 수 없어. 종 자체가 아예 다르다. 그러니 걱정하지 마."

데몬크로스도 그의 생각에 동의했다. 그렇지만 가슴속에 스멀스멀 불안감이 올라왔다.

마음 같아선 테베즈를 말리고 싶었지만, 한 번 결정을 내린 그는 번복하는 일이 거의 없었다.

데몬크로스는 어딘가로 사라졌다가 손에 뭔가를 들고 나타났다. 오색 빛깔의 톱니바퀴가 얽히고설킨 기계 장치였다.

기계 장치를 받아 든 테베즈는 떨떠름한 얼굴이었다. 그러나 이미 상호 간의 거래가 끝난 상태.

"이건 가속기라는 거다. 내가 발명한 것으로, 시공간의 흐름을 조절할 수 있는 장치지. 무옥도 이걸 통해 만들었다."

"오호……"

"지금부터 무옥의 엔드리스 홀보다 두 배 더 느린 시공간을 만들 거다. 이곳에서의 1분은 그곳에서 20년이다. 무슨 말인지 알겠나?"

"정확히 '이곳' 시간으로 10시간. 맞지?"

백색 공간의 시간은 현실과는 또 다르다. 이곳에서 10시간을 보내도 현실에선 1초도 되지 못하리라.

그건 지금껏 이곳에 방문하며 겪은 진실이었다. 이곳에서 수련하는 게 훨씬 이득이겠지만, 테베즈에게 감시당하는 건 사양이었다.

테베즈가 불만 가득한 목소리로 대답했다.

"그래."

지금 시간으로 10시간이면 만들어질 세계에선 12,000년이다. 비현실적인 수치다.

슈퍼노바가 엔드리스 홀에서 보낸 시간보다 두 배가 넘는 긴 시간이었다. 평범한 인간이 절대 버틸 수 있을 리가 없다.

하지만 버틴다면 얘기가 달라진다. 테베즈가 불안해하는 이유도 바로 그것이었다.

인간이 만 년 넘게 수행한다고 해서 외우주의 신격을 얻을 거라 생각하진 않는다. 슈퍼노바는 기간테스란 최상위 종에서도 정점에 군림한 존재였기에 가능했던 것이다.

'그렇다고 해도 절대 무시할 수 없는 존재가 되겠지.'

자의로 퀘스트 월드를 파괴하고 나갈 수도 있다.

물론 그렇게 되면 자신이나 요그 소토스 무리가 가만히 있진 않을 것이다.

테베즈는 마른침을 삼키며 장치를 작동시켰다. 이제부턴 돌이킬 수 없다.

허공에 무옥보다 더 기분 나쁜 기운을 흘리는 구슬이 만들어졌다.

김성현은 성큼성큼 걸어가 구슬을 움켜쥐었다.

"약속대로 감시는 불가능하게 만들었겠지?"

"그래."

김성현의 마지막 조건, 그건 절대 감시하지 말라는 것이었다. 거짓말을 할 수도 있지만 그러지 않기로 했다. 이건 엄연한 거래였으니까.

테베즈가 구슬을 발동시키자 김성현이 그 안으로 빨려 들어갔다.

그렇게 백색 공간에서의 모든 시간이 흘러갔다.

　　　＊　＊　＊

10시간이 지나고, 테베즈는 심각한 얼굴로 앉아 있었다.

"테베즈 님······."

"솔직히 감수하고 제의를 받아들인 거야. 그러니까 괜찮아."

데몬크로스는 아무 말도 할 수 없었다.

본인은 괜찮다고 하지만 백색 공간은 이미 그의 기분에 맞춰 탁하게 물든 상태였다.

불가능한 일이 벌어지고 말았다. 까놓고 12,000년의 세월을 버틸 줄은 몰랐다. 내보내 달라고 사정하면 그럴 의향도 충분히 있었다.

그러나 김성현은 그 긴 시간 동안 단 한 번도 테베즈에게 부탁하지 않았다. 그저 이를 악물고 버텼다.

그리고 밖으로 나와 다시 요툰으로 돌아갔다. 모든 일을 마무리 짓기 위해.

"그래도 다행인 건 최악의 상황까진 도달하지 않았다는 거야."

만약 김성현이 슈퍼노바와 같은 수준에 올랐다면 모든 계획을 전면 철회하고 그를 죽이는 방향으로 갔을 것이다.

쉽진 않겠지만 그렇다고 불가능하진 않았다.

0.000000000001퍼센트의 가능성이라도 대비는 해 두고 있었으니까.

반대로 생각하면 기간테스란 종족이 얼마나 말도 안 되는 재능을 타고났는지 새삼 깨달았다.

김성현은 만 년이 넘는 세월을 견뎠지만 외우주의 신격이 되진 못했다. 그런 걸 슈퍼노바는 5천 년도 걸리지 않아 손에 넣었다.

데몬크로스가 말했다.

"이제 어쩌실 생각입니까? 슈퍼노바 수준까진 아니라고 해도……."

"놈은 더 이상 판데리아로 묶어 놓을 수 없는 괴물이 되었지."

지금쯤 히든 에피소드도 완전히 클리어했을 것이다.

카오틱 구울은 분명 우주에서도 알아주는 포식자다. 그러나 우주의 '대신격'이 된 김성현을 막을 정도는 못 되었다.

모든 밸런스가 파괴되었다. 절대 버티지 못할 거라는, 실패할 거라는 안일함이 일을 이렇게 꼬아 버렸다.

10시간 전만 해도 불안하긴 했지만 불안해하는 자신이 머저리 같다고 생각했다.

"뇨호호……. 지극히 정상이었던 건데 말이지."

테베즈가 웃음을 흘리며 중얼거렸다.

그가 허공에 손짓하자 영상 하나가 떠올랐다. 거기엔 듀란달을 쥐고 평온하게 서 있는 김성현이 나오고 있었다.

✶ ✶ ✶

김성현은 통째로 갈라진 요툰의 땅을 보고 있었다.

듀란달은 그에게 무슨 일이 있었는지 묻고 싶었지만 감히 물어볼 수 없었다. 대신 저 멀리 벌어진 광경으로 시선을 옮겼다.

크아아아아아!

깔끔하게 두 쪽이 난 카오틱 구울이 비명을 지른다. 계속 재생하려 했지만 그럴 때마다 몸이 무너지며 조금씩 소멸하기 시작했다.

그는 자신에게 무슨 일이 벌어진 건지 알지 못했다.

인간들을 조금 더 가지고 놀다 이 세상을 먹어 버릴 생각이었다. 그런데 갑자기 몸이 갈라지며 생전 처음 겪는 고통이 느껴졌다.

김성현은 무심한 눈으로 그곳을 보다 한 걸음 앞으로 이동했다.

그 순간 듀란달은 세상 전체가 빙그르르 도는 착각을 느꼈다. 검이 어지럽게 흔들려도 영혼의 평형감각이 흐트러진 적은 한 번도 없었다.

'이게 무슨 일이지?'

배경이 쫓아갈 수 없는 속도로 빨라지다 어느 순간 정지했다. 그리고 정신을 차렸을 땐 카오틱 구울이 먼지 한 톨 남기지 않고 소멸해 있었다.

김성현은 그의 소멸을 확인하고는 꽤 먼 곳에서 느껴지

는 인기척 쪽으로 이동했다.

이번엔 평범한 공간 이동이었기에 듀란달이 어지러움을 느끼지 않았다.

도착하니 사람들이 놀란 눈으로 김성현을 쳐다보았다.

"기, 김성현!"

"어, 어떻게? 무슨 일이 있었던 거야!"

모두 안면이 있는 자들이었다. 하지만 안타깝게도 김성현에겐 기억이 없었다.

12,000년이란 시간은 인간인 김성현이 버틸 수 없는 망각을 선사했다. 다행히 목적은 끊임없이 되뇌었기에 잊어버리지 않을 수 있었다. 듀란달의 경우는 애초에 자신과 링크되어 있어 잊고 싶어도 잊을 수 없었고.

김성현은 굳이 그들에게 혼란을 주고 싶지 않아 기억나는 척 모두에게 말했다.

"모든 건 끝났다."

그때 누군가 그들의 뒤에 착지했다. 멀덴이었다.

그는 델리가 준 힘으로 카오틱 구울에게서 동료들을 지키기 위해 날아가고 있었다. 그러던 중 에밀리야의 빅뱅으로 잠시 주춤하다 놈이 살아 있는 걸 보고 자신이 마무리를 지으려 했다. 의문의 힘이 카오틱 구울을 소멸시키기 전까지는.

멀덴은 그 힘의 주인을 뒤쫓아 이곳으로 왔다. 설마 동료들이 있는 장소일 거라곤 꿈에도 생각지 못했다.

"다들 살아 있었군! 넌… 김성현!"

멀덴이 놀란 얼굴로 김성현을 불렀다.

김성현은 그를 힐끔 봤으나 얼굴이 기억나지 않았다.

어디선가 많이 본 것 같긴 하지만 두 사람이 함께한 건 고작해야 몇 개월.

낳아 주고 길러 준 부모의 얼굴도 흐릿한 판에 그가 떠오를 리 없었다.

눈치가 빠른 듀란달이 그에게만 들리게 말했다.

-멀덴입니다.

-고맙다.

멀덴이란 이름은 기억이 났다.

이름이 기억난다고 신상 정보가 좌르륵 떠오르는 건 아니지만 이것만으로도 족했다.

"오랜만이군, 멀덴."

"너… 어떻게 됐던 거야?"

김성현은 카오틱 구울에게 잡아먹혔다. 직후 카오틱 구울의 팔이 사라지긴 했지만 그가 사라진 건 변하지 않았다. 지금 눈앞에 있는 게 믿기지 않았다.

김성현은 대충 둘러댔다.

"많은 일이 있었다. 중요한 건 다 끝났다는 거다."

망각을 들키고 싶지 않아 결론부터 말했다.

멀덴과 살아남은 자들은 그의 말을 이해했다. 카오틱 구울의 거대한 힘이 전혀 느껴지지 않았다.

요튠에 그 괴물을 쓰러트릴 자는 존재하지 않았다. 그러나 모두 똑같은 생각을 했다.

'김성현이 처리했다.'

무슨 일이 벌어진 건지는 모르겠지만 김성현은 강해졌고, 그만큼 많이 달라졌다. 아예 다른 존재가 되어 버린 것 같았다.

아까 전에 느껴졌던 이질적이고 거대한 힘도 그가 사용한 것이 분명했다. 믿을 수 없었지만 상황이 진실이라고 말해 주고 있다.

멀덴이 조심스럽게 물었다. 정황상 분명하겠지만, 직접 입으로 듣는 것과 추측하는 건 엄연히 다른 것이다.

"진짜… 네가 카오틱 구울을 죽인 건가?"

"그래."

김성현이 짧게 대답하며 그의 눈을 똑바로 쳐다봤다.

그 순간 멀덴은 깊은 심연 속으로 빨려 들어가는 줄 알았다.

턱 하고 숨이 막혀 왔다. 그가 시선을 돌리자 비로소 숨이 쉬어졌다.

'손이 떨린다…….'

그건 다른 이들도 마찬가지였다. 그들은 김성현을 보고 있었지만 당장이라도 시선을 돌리고 싶었다.

우스운 건 김성현은 아무 짓도 하지 않았다는 것이다. 화를 내지도, 누군가를 다그치지도, 괜한 투정을 부리지도 않았다. 그냥 가만히, 혹은 멀뚱히 서 있을 뿐이었다.

김성현도 눈치챘는지 천천히 걸음을 옮겼다.

"그만 가지."

"어디로 가, 갈 거지?"

"어딘가로."

그 말과 함께 김성현의 신형이 사라졌다.

그제야 모두가 안도의 한숨을 내쉬었다. 한 사람을 제외하고.

'젠장…….'

멀덴은 주먹을 와락 쥐며 인상을 구겼다.

그렇게 길고 길었던 히든 에피소드가 막을 내렸다.

※ ※ ※

김성현이 이동한 곳은 생츄어리도, 판데리아 대륙도 아니었다. 그는 우주에 떠 있었다.

테베즈와 거래 후 12,000년의 시간이 흘렀다. 아주 절망스럽고 까마득한 시간이었다. 초반 백 년은 지금까지도 잊히지 않는 괴로운 시간이었다.

아무것도 없는 그곳에선 먹지도, 자지도, 싸지도 않았다. 그럴 필요가 없었다. 모든 생리 활동이 그 세계에선 무의미했다.

미친 듯이 수련했다.

미친 듯이 후회했다.

미친 듯이 자살하고 싶었다.

미친 듯이 테베즈를 죽이고 싶었다.

미친 듯이 자신을 죽이고 싶었다.

그곳에서 몇 번을 미쳤는지 모른다. 자살 시도도 한두 번이 아니었다. 지금이야 흉터가 하나도 남아 있지 않지만 심장을 거의 뽑아내기 직전까지 갔었다.

그렇게 천 년, 2천 년, 5천 년, 만 년이 흘렀다.

김성현은 어느 순간부터 모든 것을 이해하고 받아들이는 상태가 되었다.

모든 감정이 소멸되며 한없이 공허해졌다. 그대로 공기 중으로 흩어질 것 같았지만 그조차도 받아들일 수 있었다.

모든 건 언젠가 죽는다. 그건 절대적인 신이라고 해서 피할 수 있는 게 아니었다.

죽음의 형태가 다를지언정 모든 것에 종말은 찾아온다. 그러니 생(生)은 덧없다. 그렇기에 모든 건 평등하다.

김성현이 깨달은 것은 슈퍼노바의 그것과 일맥상통했다.

그곳에서 무한에 가까운 삶을 홀로 살아 이런 깨달음을 얻은 것일 수도 있었다. 중요한 건 김성현이 모든 걸 초월했다는 것이었다.

테베즈는 큰 착각을 하고 있었다. 김성현이 외우주의 신격까지 되진 않았으리라는 생각이 바로 그것이었다.

비록 슈퍼노바에 비하면 한참이나 늦었지만 그는 모든 것을 통달했다.

그렇게 마지막 1년이 지나고 김성현은 밖으로 나왔다. 그리고 테베즈에게 안부의 인사도 없이 요툰으로 이동해 일을 마무리 짓고 이곳으로 왔다. 누군가를 만나기 위해서.

듀란달이 물었다.

[누구를 만나러 가십니까?]

김성현은 정신적 링크를 어느 정도 통제하고 있었지만, 숨길 필요가 없는 건 듀란달과 공유했다.

"오래전, 나에게 접근했던 자를 만나러 간다."

[그렇군요.]

듀란달은 그자의 정체를 캐묻지 않았다. 알려 주지 않을 거란 걸 통제된 링크를 통해 알고 있었기 때문이었다.

어차피 곧 알게 될 것이다. 궁금증은 그때까지 내려놓았다.

김성현은 끝을 모르고 펼쳐진 검은 바다를 보았다. 어디가 위인지, 아래인지 분간이 가지 않는다. 사방위 역시 구분할 수 없었다.

평범한 존재라면 어디로 가야 할지 갈팡질팡했겠지만, 그는 달랐다. 처음부터 목적지는 선명하게 보였다.

김성현이 허공에 팔을 휘젓자 무지갯빛 기운이 길게 뻗은 은하수처럼 펼쳐졌다. 우주의 어둠이 걷히며 진실된 모습이 드러났다.

듀란달은 경악했지만 입 밖으로 소리를 내진 않았다. 거대한 궁전이었다.

"놀라지 마라."

듀란달의 감정을 읽은 듯 김성현이 말해 왔다. 그 부분이 더 섬찟했지만 이번에도 내색하지 않았다.

김성현은 그런 듀란달이 마음에 들었다. 그래도 지금부터 이곳에 들어가야 하니 그도 어느 정도 알아 두는 게 도움이 될 것이다.

링크를 통해 자신의 생각을 전달했다. 듀란달이 검신을 부르르 떨었다.

[이건……?]

"지금 들어갈 거다."

[…네.]

듀란달은 들뜬 감정을 최대한 추슬렀다.

이 궁전의 주인은 자신을 만든 우주의 대신격과 비교해도 절대 꿀리지 않았다.

김성현이 나라 하나 정도는 가볍게 덮을 만한 거대한 문을 밀었다. 힘으로 민 게 아니었기에 거대한 문을 어려움 없이 열 수 있었다.

[주인님, 이건……?]

"일일이 놀라지 마라."

엄청난 인력을 자랑하는 블랙홀이 문 안에 자리 잡고 있었다.

눈앞의 블랙홀은 마법으로 만든 가짜와는 차원이 달랐다. 그것은 판데리아와 연결된 천계의 대신이라도 절대 벗어날 수 없는 인력을 자랑했다. 그러나 김성현에겐 가벼운 산들바람 정도밖에 되지 않았다.

거대한 궁전은 이 블랙홀을 보호하기 위해 만들어진 것. 그가 만나야 하는 대상은 블랙홀 안에 머물고 있다.

"들어간다."

[네.]

비틀린 시공간 속으로 김성현이 몸을 날렸다.

그날, 퀘스트 월드의 모든 시스템이 일시적으로 정지되

었다.

※ ※ ※

 블랙홀의 내부, 그곳엔 혼돈으로 일그러진 왕좌 하나가 놓여 있었다. 왕좌를 중심으로 아치형의 계단이 줄줄이 나 있고, 가운데로 길게 뻗은 검보랏빛 카펫은 꿀렁이는 문까지 펼쳐져 있었다.
 왕좌엔 한 여인이 앉아 있었는데, 얼굴 부분이 검은 안개로 덮여 있었다.
 그녀는 굴곡진 몸매가 드러나는 타이트한 드레스를 입고 있었다.
 그녀가 입을 열었다.
 "새롭게 탄생한 신격이 곧장 이곳으로 올 줄은 몰랐는데."
 여인은 문밖에 있는 존재에게 말했다.
 끼익!
 오랜만에 열리는 듯 커다란 문은 귀 아픈 소리를 흘렸다. 허공에서 보이지 않는 커튼이 펄럭였다.
 여인이 흥미로운 눈으로 그를 바라보았다.
 "훌륭하군."
 "당신, 이름이 뭐지?"

인사도 없이 곧장 자신의 이름을 묻는다. 여인이 입꼬리를 올렸다. 실로 대단한 자신감이었다.

카오틱 구울 하나 잡았다고 저런 자신감을 표출하는 것은 아닐 터다.

어쩌면 자신감 같은 하찮은 것이 아닐 수도 있다.

여인은 사내를 물끄러미 보다 허리춤에 걸려 있는 검을 보았다.

"오호, 그 검을 이곳에서 보게 될 줄은 몰랐거늘."

"이름."

더 이상 잡담은 하지 말라는 듯 남자가 강한 어조로 말했다.

"재미없는 남자로다. 좋다. 짐의 이름을 알려 주도록 하지. 짐은 코스모스(Cosmos)라고 한다. 그대의 이름을 알려 주겠나?"

"김성현이다."

김성현이 무덤덤하게 이름을 알려 주었다.

코스모스의 입장에선 참으로 평범한 이름이었다. 마치 저 작은 별의 종족 같은 이름이지 않은가.

'인간이라고 했던가?'

그녀는 창조주가 아니었기에 우주에 존재하는 모든 종의 이름을 알진 못했다. 다만 자체적으로 문명을 이룩한

지성체 종족 정도는 외워 두고 있었다.

코스모스는 확인해 볼 겸 김성현에게 물었다.

"그대는 인간인가?"

인간이냐는 질문에 김성현은 입을 잠깐 열었다 금방 다물었다.

이젠 인간이라고 할 수 있을까?

일단 신체 구성으로 따져 보자면 더 이상 인간이라고 할 수 없었다.

육체란 걸 초월했으니 지금 모습을 고집할 필요도 없었다. 그런데도 전과 같은 모습을 유지한다는 것은,

"그래, 인간이다."

인간임을 포기하지 않았기 때문이다.

…라고 스스로 답을 내렸다.

코스모스가 묘한 눈빛으로 김성현을 보았다.

인간이라고 답하기 전에 몇 번이고 대답을 망설이는 게 눈에 보였다.

그녀가 보기에 김성현은 인간이 아니었다. 그런 하찮은 필멸자 종족 따위가 아니었다.

하지만 굳이 태클을 걸지는 않았다. 그 역시 넓은 우주의 위대한 신격이 되었다. 개인적인 생각을 존중해 줄 필요가 있었다.

"좋다, 김성현. 날 왜 찾아왔지?"

코스모스는 우주를 다스리는 여왕이다. 그녀가 관리하는 우주에서 벌어지는 모든 일을 알고 있었다.

김성현은 그걸 알고 자신을 찾아온 것이다. 그리고 그 추측은 사실이었다.

김성현이 손을 들어 무지갯빛 기운을 일으켰다. 무지갯빛 기운은 아주 깔끔하게 정제되어 흘러나오고 있었다.

코스모스가 작은 탄성을 흘렸다.

"호오?"

"알고 있지?"

"무얼?"

"이 힘의 주인."

코스모스는 고운 다리를 꼬고, 팔걸이에 팔을 걸쳐 턱을 괴었다.

그녀는 김성현의 질문에 대답해 줄 수 있는 정보를 가지고 있었다. 그렇지만 말해 줘도 되는지 고민되었다.

"그분을 찾아서 뭘 하려고 하는 거지?"

"별로."

김성현은 무지갯빛 기운을 거두었다.

사실 찾을 필요는 없었다. 그냥 오랜 시간을 수행하는 동안 궁금해졌을 뿐이다.

그런 심중을 알 리 없는 코스모스는 눈 부위를 덮은 안개만 살짝 걷어 냈다. 우주가 담긴 것 같은 아름다운 눈동자가 나타났다.

그녀는 타인의 감정을 읽을 수 있는 권능을 타고났다. 인간 중에서도 그런 힘을 가진 자들이 몇 존재했지만, 그들과는 궤를 달리하는 권능이었다. 강력한 우주적 존재라도 그녀가 마음만 먹으면 마음을 읽을 수 있었다.

그녀의 눈동자에서 흐르는 은하수가 정지했다.

김성현이란 사내의 몸이 투영되며, 그 속의 무수한 감정이 쏟아져 나오기 시작…….

코스모스의 눈가가 파르르 떨렸다.

'이자……. 감정이 없어!'

그 어떤 우주적 존재라도 감정은 존재한다.

그녀는 수만 년을 넘게 살면서 이런 경험을 딱 한 번 한 적 있었다.

바로 외우주의 신을 만났을 때였다. 외우주의 신은 여성체로, 이름은 '니알라토텝'이었다.

보는 것만으로 숨이 턱 막힐 정도로 니알라토텝은 강대했다. 코스모스를 이 자리에 앉힌 것도 그녀의 뜻이었다.

목적은 알지 못했다. 물었다간 그 자리에서 소멸당했을 것이다.

여튼 코스모스가 김성현을 제외하고 감정을 읽지 못한 자는 니알라토텝밖에 없었다.

'설마 저자도 같은……?'

자신의 궁전까지 한 번에 찾아온 걸 보면 그럴 가능성도 있다. 일단 평범한 신격은 절대 아니었다.

그녀가 조용히 있자 김성현이 재차 물었다.

"알려 줄 수 있나?"

"…그래. 이곳으로 가라."

코스모스가 허공에 검지를 까딱이자 넓은 우주의 지도와 함께 좌표가 하나 찍혔다.

김성현은 의지로 지도를 머릿속에 주입했다. 곧장 그곳의 위치가 번개처럼 떠올랐다. 이곳에서 꽤 먼 곳이었지만, 그에겐 아무리 먼 곳도 한 걸음밖에 되지 않았다.

"고맙다."

김성현은 코스모스에게 고개를 숙이고 궁전을 나섰다.

그가 완전히 사라진 걸 확인한 코스모스는 미간을 주물렀다.

"별문제 없겠지……."

겉보기에 악과는 거리가 멀어 보였다.

그때 허공이 일렁이며 노인 하나가 걸어 나왔다. 코스모스는 그를 처음 봤지만 누군지는 알고 있었다. 이 자리에

앉을 때 니알라토텝에게 들었기 때문이다.

"당신이 이곳은 어쩐 일이십니까?"

우주의 지배자라 할 수 있는 그녀가 누군가에게 존대를 쓰는 건 극히 드문 일이었다. 그러나 지금 이곳에 나타난 노인은 충분히 존대를 받을 자격이 있었다.

노인, 테베즈가 아직 닫히지 않은 문을 보며 말했다.

"그의 감정을 읽었나?"

코스모스의 눈이 충격으로 커졌다. 테베즈가 피식 웃으며 물었다.

"그런 권능을 가졌다는 걸 몰랐을 거라 생각하나?"

"…숨겨서 죄송합니다."

"괜찮아. 어차피 탄생할 때부터 알고 있었으니까."

코스모스가 또 한 번 충격받은 얼굴이 되었다.

자신의 탄생을 어떻게 알고 있단 말인가? 이건 같은 우주의 대신격들도 알지 못하는 것이었다.

기본적으로 우주의 대신격은 '의인화'한 존재들이다. 그들은 우주가 뭔가를 강렬히 원할 때 탄생하는데 이념일 수도, 상징일 수도, 혹은 물체일 수도 있다.

때문에 시기는 다 제각각이며, 당사자를 제외한 다른 대신격들은 남의 탄생일을 알지 못했다. 코스모스의 경우는 우주가 질서를 의인화한 존재였다.

그녀의 생각을 읽은 테베즈가 비릿한 목소리로 말했다.

"설마 너희가 자체 의지로 탄생했을 거라 생각하는 거냐?"

테베즈의 말은 어느 정도 맞았다. 우주가 원했기에 자신들이 탄생한 것이다.

하지만 다르게 생각하면 자신들이야말로 우주였다. 그러니 자체 의지라고 표현할 수 있었다.

그러나 코스모스는 그의 날선 물음에 토를 달지 않았다.

테베즈가 한심하단 투로 말했다.

"일개 인간조차 알아채는 걸 우주의 대신격이라는 것이 모르고 있다니……. 이래서 권력과 권위가 무서운 거야."

"……."

자존심 상하는 말이었지만 반박하지 않았다. 그랬다간 소멸할지도 모른다. 그저 보이지 않게 이를 갈 뿐이었다.

테베즈는 한숨을 내쉬더니 김성현이 서 있던 자리를 보았다. 그리고 다시 물어보았다.

"그래서, 감정을 읽었느냐?"

"읽지 못했습니다."

"나는?"

자신을 가리키는 테베즈.

코스모스가 안개를 살짝 걷어 그를 보았다. 그녀의 우주를 담은 눈동자가 붉게 물들었다.

"크악!"

궁전 전체가 크게 흔들렸다. 테베즈는 그럴 줄 알았다는 듯 고개를 끄덕였다.

그는 흔들리는 궁전을 살피며 눈을 한 번 깜빡였다. 그러자 흔들림이 거짓말처럼 사라졌다.

코스모스는 피눈물이 흐르는 오른쪽 눈을 손으로 감쌌다.

그의 감정을 읽으려는 순간 끝없는 악의와 함께 저주와도 같은 오욕칠정이 휘몰아쳤다. 그것은 권능의 발상지인 오른쪽 눈에 직접적인 타격을 주었다.

'괴물이다……!'

그녀도 누군가에겐 괴물 취급 당하지만, 테베즈는 차원이 다르다. 니알라토텝과 김성현이 감정을 읽을 수 없다면, 테베즈는 감정이 심각할 정도로 적나라하며 악랄했다.

테베즈는 결과를 알고 있었지만 짐짓 모른다는 투로 물어보았다.

"그래, 어땠느냐?"

"보, 보였습니다."

"그렇구나. 크크! 그럼 이만 가도록 하마. 지금까지 그랬던 것처럼 우주를 잘 보살피도록."

그 말을 남기고 테베즈는 사라졌다.

코스모스는 통증이 가라앉은 오른쪽 눈을 회복시킨 후

다시 안개로 얼굴을 가렸다. 고작 한 시간도 안 되는 사이에 너무 힘든 일을 겪었다.

그녀는 테베즈가 했던 말을 곱씹으며 생각에 잠겼다.

"우리가 자체적으로 탄생하지 않았다는 것인가? 그렇다면 누가 우릴 탄생시킨 거지? 설마 그 노인이? 그것도 아니라면……."

코스모스는 니알라토텝을 떠올리고는 고개를 저었다. 함부로 생각해선 안 되는 존재다.

'그보다… 인간조차 아는 걸 내가 모른다……. 그게 대체 뭔지 모르겠군. 알아봐야겠어.'

넓은 우주의 먼지보다도 작은 종족한테 밀렸다는 사실이 그녀의 자존심을 상하게 만들었다.

코스모스는 모든 우주의 대신격과 연결된 통신구를 만들었다. 지금부터 우주 전체의 힘을 이용해 알아낼 생각이었다. 드넓은 우주와 자신들의 비밀에 대해서.

※ ※ ※

김성현은 아무것도 없는 검은 공간을 내려다보고 있었다.

듀란달이 물었다.

[이곳에 주인님이 찾는 분이 계신 겁니까?]

"그래."

 듀란달은 조금 의아했지만, 김성현이 그렇다면 그런 것이다. 예전이라면 몰라도 지금의 김성현은 자신이 태클 걸 정도로 작은 존재가 아니었다.

"흠……."

 김성현이 턱을 문질렀다.

 이곳에 숨겨진 뭔가가 있다는 건 보는 것만으로 알 수 있었다. 그런데 들어가는 법을 모르겠다. 잠금장치가 어딘가에 있을 텐데, 도무지 보이지가 않는다.

 혹시 무지갯빛 기운이 열쇠가 아닐까 싶어 시도해 봤지만 아무 일도 벌어지지 않았다.

 골치 아팠다. 보아하니 차원을 막고 있는 장벽을 이용한 듯한데…….

"부숴야 하나."

 김성현이 무미건조한 목소리로 중얼거렸다.

 듀란달은 그의 말투에 도저히 적응할 수 없었다.

 김성현은 본래 쾌활하고 다혈질적인 성격이었다. 그런데 다시 나타난 후부턴 감정이 아예 없는 사람처럼 느껴졌다.

 차라리 화를 내며 '그냥 박살 내 버릴까?'라고 했다면 마음대로 하라고 했을 것이다.

그런 듀란달의 생각과 감정이 고스란히 김성현에게 전해졌다. 그것 역시 무덤덤하게 받아들였다.

생각을 그대로 전달한다면 듀란달을 이해시킬 수 있겠지만, 그럴 생각은 없었다. 이게 둘의 사이를 더 멀어지게 하더라도 말이다.

김성현은 홀로 생각하고, 홀로 결정을 내렸다.

그는 자신과 완전히 동화된 드래곤 하트와 현자의 돌의 힘을 끌어 올렸다. 거기에 신성력과 뇌기를 더했다.

기존에 사용하던 힘은 더 이상 쓸모가 없었다. 그러나 지금처럼 가끔 필요할 때가 있었다.

뒤섞인 힘이 작은 점의 크기로 압축되기 시작했다.

"기술명이 뭐였더라."

기억은 나지 않았다.

그래, 기술명이 뭐가 필요 있겠는가. 그런다고 위력이 달라지는 것은 아니다.

김성현은 계속해서 진행되는 압축을 멈추었다. 육안으로 볼 수 없을 정도로 아주 작게 압축되었다.

그것을 허공에 던졌다.

[쿵쾅입니까?]

"아, 맞아. 그런 이름이었지."

현실에선 시간이 얼마 지나지 않아 듀란달은 선명하게

기억하고 있었다.

쿵쾅이라 이름 붙였던 압축된 힘이 숨겨진 곳이라 추측되는 곳에서 정지했다.

김성현은 천천히 끌어당기던 힘을 그대로 밀어내었다.

동시에 우주 전체가 빛에 휩싸일 정도로 커다란 폭발이 발생했다.

듀란달은 수많은 차원이 폭발의 여파로 날아가는 걸 지켜보았다. 엄청난 위력이었다.

[허허.]

주인이 상상을 초월하는 괴물이 되었다는 건 알고 있었다. 그런데 이 정도일 줄은 몰랐다.

김성현이 역시나 무미건조하게 중얼거렸다.

"힘 조절 실패했다."

* * *

듀란달은 자신이 잘못 들은 줄 알았다.

방금 전 그 힘은 우주의 일부를 날려 버릴 정도의 위력이었다. 자칫하면 멸망을 초래할 수도 있었다. 절대 힘 조절에 실패했다는 말 따위로 넘어갈 수 있는 문제가 아니었다.

엄청난 생명이 죽어 나갔다. 그들의 입장에선 알 수 없는 거대한 힘이었을 것이다.

'이런 주인은 섬길 수 없다.'

그가 김성현을 주인으로 인정한 이유는 온화하진 않더라도 남에게 해를 끼치는 사람은 아니기 때문이었다.

그러나 지금은 어떤가. 목적을 위해 수단을 가리지 않았다.

아니, 선을 지켰다면 수단을 가리지 않아도 실망했을지언정 섬길 수 없단 생각은 하지 않았을 것이다.

듀란달이 생각을 마치고 입을 열었다.

[주인님……]

"네 생각은 알았다."

김성현이 기계 같은 음성으로 말했다. 감정이 전혀 남아 있지 않는 지금, 그는 듀란달을 이해하지 않았다. 자연스럽게 받아들일 뿐이었다. 그의 생각과 선택을 존중했다.

"원하는 대로 해라."

[…정말이십니까.]

"그래."

[그리 오래 알진 않았지만… 많이 바뀌셨습니다.]

"……"

김성현은 대답하지 않았다. 그것 역시 듀란달의 생각이었기 때문이다. 그리고 사실이기도 했다.

12,000년의 세월은 한 인간을 송두리째 바꿀 만한 시간이

었다. 원래 모습을 간직한다면 그건 그것대로 이상하리라.

듀란달을 풀어 허공에 놓았다. 미리 판데리아의 좌표를 알려 주었기에 돌아가는 덴 문제가 되지 않을 것이다.

"지금까지 수고했다."

형식적인 마지막 인사였다.

듀란달은 그의 뒷모습을 지켜보다 마지막으로 한마디 했다.

[어째서 인간의 육체를 고집하십니까?]

"뭐?"

[모든 것을 초월하시고, 감정의 덧없음도 깨달으셨습니다. 이미 종에 얽매이지 않으신 분께서 왜 인간의 육체를 고집하십니까?]

"그것은……."

갑작스런 질문에 김성현은 대답하지 못했다.

코스모스의 질문에 그는 자신을 인간이라고 대답했다. 지금도 그렇게 대답하려고 했으나, 듀란달의 모든 생각을 알고 있는 그였다. 링크가 끊어지지 않은 지금까지도 그의 생각은 물밀 듯이 들어오고 있었다.

'난 왜 이 모습을 고집하는 거지?'

슈퍼노바는 모든 것을 깨닫고 육체를 버렸다. 자신 역시 그의 깨달음과 같다면 지금의 육체를 고집할 이유는 전혀 없었다.

자신은 왜 계속 인간의 모습을 하고 있으며, 인간이라고 생각하는 것일까?

'이미 인간이 아니잖아.'

김성현의 인상이 바깥으로 나온 후 처음으로 일그러졌다.

모든 감정이 소멸했을 터였다. 그런데 가슴속에서 느껴지는 이 답답함은 대체 무어란 말인가.

"큭!"

[주인님!]

"이건… 이건 대체?"

몸 전체에서 무지갯빛 광채가 흘러나오기 시작했다. 피부 위로 거품이 끓어오르며 내면 깊숙한 곳에 잠들어 있던 본능이 서서히 떠올랐다. 12,000년의 세월에 묻혀 있던 망각이 그곳을 비집고 튀어나왔다.

듀란달은 상황이 심각하게 돌아가고 있음을 깨달았다. 이대로 김성현을 둔다면 큰일이 벌어질 것이다.

"크아아아아!"

힘겹게 쌓아 올린 깨달음이 무너지는 것은 한순간이었다.

그 순간 김성현은 자신과 슈퍼노바의 차이점을 깨달을 수 있었다.

깨달음이 무너지며 또 다른 깨달음이 찾아온 것이다. 외우주에서도 찾아볼 수 없는 신기한 기현상이었다.

그때였다. 그들의 뒤에서 거대한 존재감과 함께 무지갯빛 기운이 파괴된 우주를 수복하기 시작했다.

듀란달은 시선을 돌려 그것의 정체를 확인했다.

[다, 당신은?]

그곳엔 축구공보다 조금 더 큰 무지갯빛 구체가 떠 있었다. 구체는 넓은 우주에 비하면 운석의 파편보다도 작았지만, 전 우주를 밝힐 수 있는 광채를 뿜어내고 있었다.

엄청난 힘이었다. 우주의 여왕인 코스모스도 분명 대단했지만, 지금 이 존재는 그보다 더 대단했다. 듀란달은 엄청난 경외심이 드는 것을 느꼈다.

그 존재가 말했다.

{내 세계를 파괴한 자여, 뭘 그리 괴로워하느냐?}

목소리는 성별을 알 수 없었지만 듣는 것만으로 성스러워지는 기분이었다.

김성현은 더 이상 인간이라 할 수 없는 모습이었다. 그는 고개를 돌려 존재를 보았다. 자신에게서 흘러나오는 무지갯빛 기운과 완전히 똑같은 성질을 띠고 있었다.

"너구나……."

김성현의 목소리엔 힘이 실려 있지 않았다. 그럼에도 귓가에서 칼을 가는 것 같은 섬뜩함이 느껴졌다.

듀란달은 몸은 없었지만 소름이 끼쳤다. 그는 두 존재에게서 거리를 조금 벌렸다. 무슨 일이 벌어진다면 소멸을 면치 못할 것을 깨달았기 때문이다.

존재는 김성현을 보며 작게 웃음을 터트렸다.

{하하! 그대였군.}

"크윽……."

김성현의 오른팔이 뚝 떨어지며 끈적이는 검은 액체가 쏟아져 나왔다. 인간의 정체성을 완전히 잃으며 혼돈의 괴물이 되어 가고 있었다.

존재가 그의 모습을 유심히 보며 혀를 찼다.

{깨달음의 모순점에서 자신을 잃어버렸군.}

"닥쳐."

힘겹게 말하는 김성현.

존재는 그가 안쓰러웠다. 지금까지 얼마나 힘든 길을 걸었고, 고통받았는지 누구보다 잘 알고 있었다.

어느 순간부터 지켜볼 수 없었지만, 그에게 무지갯빛 기운을 준 게 자신이었다.

그에게 제대로 사용할 수 없던 힘을 준 이유.

간단했다. 외우주의 신격들이 합심해서 만든 게임, 퀘스트 월드를 깨부수기 위해.

김성현은 일종의 안배였다. 그가 테베즈의 눈에 들어 퀘스트 월드로 들어갈 걸 알고 있었고, 언젠가 자신의 목적을 이뤄 줄 것이라 생각했다. 갑자기 그를 볼 수 없게 되면서부터 조금 뒤틀리긴 했지만.

그리고 지금 엄청난 격을 손에 넣고 다시 나타났다.

{하지만 무너지기 일보 직전이군.}

[도와주십시오!]

존재의 시선이 듀란달에게로 향했다.

자그마한 한 자루의 검. 그는 저 검을 알고 있었다. 누가 만들었는지, 왜 만들었는지도. 저걸 만든 자가 곧 죽으리라는 것까지도. 모두 알고 있었다.

{도와달라라…….}

존재 역시 그를 살리고 싶었다.

만약 여기서 김성현이 지금의 모순을 이겨 내고 더 큰 깨달음으로 향한다면 퀘스트 월드를 완전히 박살 낼 수 있다.

이것은 두 번 다시 찾아오지 않을 크나 큰 기회.

{좋다.}

존재가 무지갯빛 기운을 얇은 가닥으로 나눈 후 여러 방향으로 엮기 시작했다.

김성현은 내부에서부터 몰아치는 혼돈에 가만히 지켜보고 있을 수밖에 없었다.

이것을 통제해 낸다면 자신은 한발 더 먼 곳으로 나아갈 수 있다. 지금보다 더 큰 격이 될 수 있다.

자신을 가로막는 적이 문제가 아니었다. 어차피 그들은 이전의 깨달음으로 평등하단 것을 알았기 때문이다.

문제는 자신이었다.

혼돈을 통제한다고 해서 인간이 될 수 있는 건 아니다.

인간이란 정체성을 향한 강한 열망. 지금까지도 그 모순을 떨쳐 낼 수 없었다.

인간이 아닌데, 인간이고 싶다. 이제 와서? 우스운 일이었다. 그랬으면 처음부터 테베즈에게 그런 제안을 하지 말았어야 했다.

모든 걸 다 내려놓지 않았던가. 인간도, 삶도, 죽음도.

깊은 후회 끝에 해탈하지 않았던가. 모든 것을 포기하는 것이야말로 얻는 것이라는 걸.

그런데 지금 그 모든 것이 무너져 내렸다.

김성현은 어느새 배 위에 닿은 두껍게 엮인 무지갯빛 가닥을 보았다.

{편해질 것이다.}

"…아니야."

김성현은 무지갯빛 가닥을 붙잡았다.

가닥을 통해 존재의 생각이 전해져 왔다. 피식! 웃음이 나왔다.

이 방법을 쓴다면 일시적으로나마 정상적인 몸이 될 것이다. 하지만 장기적으로 봤을 땐 심각한 독이다. 어쩌면 목숨을 넘어 존재 자체를 위협하는.

전이었다면 그조차 받아들였겠지만 지금은 달랐다.

한 번 무너진 것은 그 안에 잠들어 있던 모든 걸 깨워 버렸다. 사라졌던 감정 중 최초로 눈을 뜬 것은 '분노'였다.

"너도 날 그저 도구로만 생각하는군."

{…눈빛이 바뀌었구나.}

무지갯빛 기운의 원주인이 누군지 예전부터 궁금했었다. 분명 대단한 존재라 생각은 했다. 실제로도 대단했다. 그렇기에 인간을 개만도 못하게 생각했다.

지금 역시 마찬가지였다. 그는 자신을 통제하려 했다. 만약 무지갯빛 가닥이 성공적으로 몸속으로 들어갔다면 그의 노예가 됐을 것이다.

두꺼운 가닥을 강하게 움켜쥔 뒤 소멸시켰다.

"듀란달, 넓은 우주엔 말이다. 쓰레기 같은 것들이 너무 많아."

[주인님…….]

"미안하지만 널 보낼 수가 없을 것 같다. 아까 한 말은 번복하지."

[네.]

듀란달은 토 달지 않고 짧게 대답했다.

김성현이 달라졌다. 아마도 자신 때문이리라.

그가 인간이란 것에 그렇게 집착하고 있는 줄은 몰랐다. 그것이 완성된 존재를 무너트릴 줄 몰랐다.

12,000년을 모르는 듀란달은 그를 이해할 수 없었다. 어쩌면 김성현 본인도 스스로를 이해하지 못할 수도 있었다.

중요한 건 그런 게 아니다. 이미 다 지나간 일이고, 김성현은 새로운 존재로 거듭나고 있다. 그것은 아마 감정이 완전히 배제된 공허한 모습은 아닐 것이다.

이미 김성현의 두 눈에선 무수한 욕구와 욕망이 흘러나오고 있었다. 그리고 그건 단 하나만을 향하고 있었다. 인간을 포기하지 못하는 욕심!

{놀랍군. 깨달음의 모순 속에서 그것을 또 다른 깨달음으로 승화시키다니. 아니, 이건 깨달음이 아닌가?}

존재로선 김성현의 변화를 이해할 수 없었다. 그것이 본능에 의거한 강한 열망이란 것을, 처음부터 초월체로 태어난 그는 절대 알 수 없었다.

김성현은 존재를 노려보았다. 작지만 눈부신 구체다.

처음엔 무지갯빛 기운을 자신에게 심은 이유를 묻기 위해 이곳을 찾았다.

그의 생각을 읽었기에 그 이유를 알 수 있었다. 그리고 퀘스트 월드의 진실을 알게 되었다.

테베즈의 계획이 모두 어긋나 버린 것이다. 퀘스트 월드의 진실을 알리기 싫어 힘을 주었는데, 그 힘이 기어코 진실에 도달해 버렸다. 그것도 아주 빠른 속도로.

존재의 웃음소리가 들려왔다.

{쿠후후……. 재밌군. 아주 재밌고 흥미로워.}

"넌 죽이지 않도록 하지. 악한 녀석은 아니니까."

{선악을 구분하려는 것인가? 정말 인간 같은 사고방식을 하는군.}

[난! 인간이다!]

김성현의 몸에서 황금빛 광채가 뿜어져 나왔다. 징그럽게 변형됐던 몸이 본래의 모습으로 돌아왔다.

{도대체 왜 그리 집착하는 거지?}

"몰라! 나도 몰라!"

정말로 몰랐다. 그냥 인간이기를 포기하고 싶지 않았다. 겉모습이라도 좋으니 인간이고 싶었다.

김성현은 이를 악물었다. 뜬금없지만 가지런히 난 인간의 이빨이 있어 다행이라고 생각했다. 팔이 두 개인 것이, 다리가 두 개인 것이 다행이라 생각했다.

무지갯빛을 덮어 버릴 정도로 밝은 황금빛이 김성현의 몸속으로 모두 빨려 들어갔다.

듀란달은 어느새 경건하게 그를 지켜보고 있었다.

존재가 말했다.

{결과적으로 내 목적은 달성되겠군. 하지만 쉽진 않을 것이다.}

뜬금없는 존재의 말에 김성현이 피식 웃었다. 그는 12,000년 전의 모습으로 다시 돌아와 있었다.

그가 원하자 테베즈가 없애 줬던 시스템이 허공에 좌르륵 펼쳐졌다. 그중엔 지금껏 밝혀지지 않은 시스템창도 있었다.

딱!

김성현이 손가락을 튕기자 시스템이 일그러지더니 새로운 형태로 거듭났다. 그만의 방식대로 새로 업그레이드한 것이다.

{흥미롭게 지켜보고 있겠다. 방법은 단 하나다. 알고 있겠지?}

"흥! 그만 꺼져라! 짜증 나는 녀석."

{하하하!}

무지갯빛 구체가 검은 구멍으로 빨려 들어갔다. 현재의 시공간을 탈출한 것이다.

예전이라면 충격받았겠지만 지금은 자신도 할 수 있는 것이었다. 아직 할 일이 남았기에 하지 않은 것뿐이다.

"가 보자고, 이 게임의 종지부를 찍으러. 그리고 그 자식들 박살 내러."

[알겠습니다.]

듀란달의 대답에 김성현이 미소 지었다.

※ ※ ※

거대한 혼돈의 옥좌, 그 아래 수많은 정육면체 큐브로 이루어진 행성이 떠돌고 있다.

그곳엔 외우주의 신격 위에 군림하는 한 존재가 머물고 있었다.

거대한 몸체와 피부 위로 보글보글 일어나는 기포, 길게 뻗은 수많은 촉수, 몸 정중앙에 박힌 거대한 눈동자. 그는 바로 요그 소토스였다.

시공간 그 자체라 할 수 있는 그는 자신이 동료들과 재미 삼아 만든 게임에 문제가 생긴 것을 알아차렸다.

이런 일이 한두 번 있었던 건 아니지만, 이번엔 문제가 꽤 심각한 듯했다.

"짧은 기간을 두고 이곳까지 도달한 존재가 둘이라……. 게임을 잘못 만든 건가? 그게 아니면 테베즈 녀석의 짓인가?"

가장 먼저 테베즈가 떠올랐지만, 그럴 리는 없었다. 자신들을 어떻게든 죽이고 싶어 하지만 자기까지 위험에 빠트릴 위인은 아니다.

골치가 아파 왔다. 슈퍼노바란 녀석은 퀘스트 월드와 '진짜 우주'를 탈출해 외우주로 나왔다. 그다음 자신만의 행성을 만들어 이곳을 주시하고 있었다.

참으로 건방졌다. 이제 막 도달한 주제에 너무 높은 곳을 바라보고 있다.

"이곳이 얼마나 무서운지 아직 모르는 녀석이라면 겪어 보는 것도 좋겠지."

외우주는 넓다. 그가 지금까지 겪었던 게임 속의 우주 따위와는 규모부터가 다르다. 외우주의 신격이 되었다고 자만했다간 분명 큰코다치리라.

'차라리 게임 속에서 아무것도 모르고 살던 시절이 좋았다며 후회할 것이다.'

외우주에 살아가는 수많은 강대한 종족과 괴물들은 신격이라고 해서 무시할 수 있는 게 아니다. 슈퍼노바도 조만간 깨달을 것이다. 가혹한 신고식으로 인해서.

요그 소토스는 외우주 중심에 위치한 혼돈의 옥좌로 눈길을 돌렸다. 그가 외우주의 왕이긴 했지만 실질적인 주인은 아니었다. 진짜 주인은 저곳에 살고 있다.

"오랜만에 한번 뵈러 가야겠군."

지금쯤 니알라토텝이 그의 수발을 들고 있을 터. 그녀에게 퀘스트 월드 건으로 얘기할 것도 있었다.

 그의 거대한 몸체가 시공간과 동화되며 혼돈의 옥좌로 이동했다. 그 주변을 괴상망측한 형태의 신격들이 각종 악기를 연주하며 공전하고 있었다.

※ ※ ※

 아셀라우시스는 퀘스트 월드에 큰 변화가 왔다는 걸 깨달았다. 우주 전체에 퍼트린 그의 연락망 덕분이었다.

"개 같은……."

 그의 얼굴이 처참하게 구겨졌다. 이번 변화의 핵심을 알게 되었기 때문이었다.

 김성현. 이번에도 그가 일을 터트렸고, 문제는 자신의 힘으로 절대 되돌릴 수 없는 수준이었다. 요툰의 계획이 실패한 건 이젠 사소한 문제에 지나지 않았다.

 슈퍼노바가 외우주의 신격이 되었고, 김성현도 그에 근접한 것으로 나타났다. 진실은 그보다 가혹했지만, 아셀라우시스도 진실까진 알지 못했다.

'설마 보복하러 오려나?'

 지금의 김성현이라면 언제든 이곳까지 도달할 수 있을

것이다. 운영진들 때문에 파괴까진 하지 못하더라도 플레이어 한둘 묻는 건 일도 아니리라.

그렇게 생각하니 덜컥 겁이 났다.

아셀라우시스는 오래전, 마왕 바알과의 싸움에서 오욕칠정을 모두 버렸다. 그곳에서 현 마계의 열다섯 번째 좌 아타락시아가 탄생했다.

그러나 오욕칠정이란 것은 버린다고 버려지는 게 아니었다. 버려진 건 결국 다시 채워진다.

지금의 아셀라우시스는 탐욕 그 자체였다. 그는 퀘스트 월드의 전부를 얻고 싶었다.

그의 유일한 목적, 그것은 바로 퀘스트 월드의 지배권이었다. 그 때문에 '엔딩을 봤음에도' 이곳에서 나가지 않은 것이다.

그러나 그 목적은 이제 과거의 산물이 되었다. 지금의 목적은 생존뿐!

"아쉽지만 나가야겠군."

너무 많은 것들을 잃었다. 일이 이렇게 될 줄 알았다면 말살 부대 복구에 돈을 쓰지 않았을 것이다. 어차피 그들도 버려야 한다.

아셀라우시스는 현재 머무는 공간을 모조리 지우기 시작했다. 흔적을 남겨선 안 된다.

여태껏 힘들게 쌓아 올린 라그나로크, 혹은 기간토마키아의 거점이 고작 몇 분 만에 완전히 사라졌다.

 점 조직으로 운영되던 만큼 하나하나 정리할 순 없지만, 사령탑이 사라졌으니 자연스레 와해될 것이다.

 와해되지 않아도 상관없었다. 그가 보스였다는 걸 아는 사람은 이제 존재하지 않는다.

 "그곳으로 이동해야겠군."

 아셀라우시스는 엔딩을 보고 난 후 바깥으로 향하는 입구를 봉인한 상태였다.

 위치를 아는 자는 그 말곤 없었다. 게임의 엔딩이 한 가지뿐이라면 누군가 찾아낼 수도 있겠지만, 퀘스트 월드는 그리 간단한 게임이 아니다.

 모든 플레이어가 착각하는 게 있다. 퀘스트 월드는 MMORPG가 아니다. 그것은 게임을 이루고 있는 작은 요소에 지나지 않는다.

 퀘스트 월드는 일종의 퍼즐 게임이었다. 그것도 천 피스, 만 피스 수준이 아닌 우주 전체를 새롭게 짜 맞추는 퍼즐이었다. 그러니 엔딩을 보는 자가 한 손에 꼽히는 것이다.

 게임의 본질을 파악하지 못하면 영원히 엔딩에 근접할 수 없다. 오히려 더 난이도가 높아질 것이다.

 퀘스트 월드의 퀘스트는 단순히 주어지는 게 아니다. 무한정 클리어한다고 엔딩을 볼 수 있는 게 아니다.

 시작은 퀘스트를 불신하는 것에서부터다. 그렇다면 자연스럽게 다음 에피소드와 이전 에피소드의 연결점을 찾을 수 있다. 그렇게 하나하나 엮어 가다 보면 어느새 엔딩이 코앞으로 다가와 있다.

 아셀라우시스도 이 해답을 얻기까지 많은 시간이 걸렸다.

 목적을 위해서라면 그 시간을 인내할 수 있었고, 엔딩을 보고 난 후에도 인내할 수 있었다.

 그의 주먹이 꽉 쥐어졌다.

"젠자아아아앙!"

 거대한 기파가 그에게서 뿜어져 나왔다. 주변의 사물이 먼지가 되어 소멸했고, 직경 수십 킬로미터의 구덩이가 만들어졌다.

 거기서 끝이 아니었다. 그가 만든 조직의 거점은 판데리아 대륙에서도 가장 남쪽에 위치한 이름 모를 섬에 있었다. 그 섬이, 주변의 다도해가 아셀라우시스의 힘을 견디지 못하고 모조리 사라졌다. 여파는 당연히 육지까지 이어졌다.

"내가 어떻게 여기까지 왔는데!"

 운영자들에게 굽히고 또 굽혔다. 그들에게 퀘스트 월드는 어차피 장난감에 불과했으니까.

 그 장난감을 관리해 주겠다고 미친 듯이 손을 비비고, 굴욕을 당했다.

어지간하면 쿨하게 참고 넘어가 보려 했지만, 한 번 버렸던 만큼 더 강하게 차오르는 것이 욕망이었다.

김성현을 죽이고 싶었다. 그가 모든 계획을 엉망으로 만들었다.

'방법이 없을까?'

그가 했다면 자신도 할 수 있다. 재능 면에서 밀리지 않았고, 오히려 더 뛰어나다 생각했다. 무슨 방법을 썼는지는 모르겠지만 똑같이 한다면 그보다 더 강해질 수 있었다.

실제로도 아셀라우시스는 김성현보다 한 가지를 제외한 모든 부분에서 뛰어났다. 그 한 가지란 바로 어떤 상황에서도 자살하지 않는 것이었다.

우스운 말이었지만 실제로 그랬다. 인간의 몸으로 12,000년의 세월을 버티는 건 딱 한 가지만 하지 않으면 된다. 바로 자살이다. 압도적인 시간에 짓눌려 죽지만 않는다면 그 긴 세월을 버틸 수 있다.

그러나 대부분, 어쩌면 단 한 명의 인간을 제외하곤 모두 자살을 선택할 것이다.

그런 사실을 아셀라우시스가 알 리 없었다.

그렇기에 도전할 생각이었다. 테베즈라면 모든 것을 알 것이다. 그리고 똑같이 부탁할 것이다. 그완 오래전에 거래를 한 적이 있으니 무책임하게 자신을 내치진 않을 것이다. 아셀라우시스는 그렇게 자신했다.

"테베즈부터 만나야겠어."

이미 조직은 의미가 없어졌다. 김성현의 숨 한 번이면 모조리 날아갈 것들이다.

아셀라우시스는 곧장 테베즈의 거처로 향했다. 위치는 이미 파악하고 있었다. 그가 따로 숨겨 놓지 않았기 때문이다.

✶ ✶ ✶

김성현은 생츄어리로 돌아왔다. 뭔가를 정리하기 위해 온 것은 아니었다. 그렇다고 파괴하려고 온 것도 아니었다.

마음 같아선 퀘스트 월드 전체를 파괴하고 싶지만 현실적으로 그건 불가능했다. 파괴하는 데 성공한다 해도 그다음을 감당할 수 없기 때문이다.

요그 소토스를 비롯한 이곳의 운영진은 절대 만만한 존재들이 아니다. 지금 상태로 봤을 때 확실히 쓰러트릴 수 있는 게 한 명, 애매한 게 한 명, 나머지는 불가능이라 판단됐다.

마신과 테베즈도 불가능에 해당했다. 인간의 정체성에

집착하지 않았다면 모두와 대등했을 수도 있다.

'요그 소토스는 좀 힘든가?'

그는 당시에 있었던 자들 중에서도 독보적이었다. 슈퍼노바조차 그만큼은 크게 견제했으니까.

지금 와서 느낀 거지만 슈브란 여인은 요그 소토스에 비해 격이 낮았다.

슈퍼노바가 요그 소토스 수준으로 조심하라 했던 이유는 그녀가 물불 가리지 않는 성격이었기 때문이다.

현재 중요한 건 그들이 아니다.

듀란달이 질문했다.

[정말 예정대로 하실 생각입니까?]

"그래."

[의미가 있을까요?]

"당연하지. 아주 큰 의미가 있을 거야."

[더 이상 얻을 게 없잖아요.]

듀란달은 김성현이 예전처럼 편해졌다. 그래서 쉴 새 없이 떠들어 댔다.

[차라리 하나하나 정리하는 방향으로 가는 게 좋지 않겠습니까?]

"그것도 하나의 전략이겠지만……."

현재 김성현이 하려는 것. 그것은 퀘스트 월드를 다시 시작하는 것이었다.

이미 자신만의 시스템을 새롭게 구축한 상태였고, 엔딩까지 향하는 방법도 알게 되었다.

듀란달의 입장에선 이해할 수 없었다. 이미 퀘스트 월드에 얽매일 필요가 없는 힘을 가졌다. 그의 고향별인 지구도 지금의 힘이라면 거짓말처럼 싹 복원할 수 있었다. 죽은 사람 살리는 건 일도 아니었다.

만약 그가 조용히 이곳에서 나간다면 운영진도, 테베즈와 마신도 절대 건드리지 않을 것이다.

하지만 그건 듀란달의 착각이었다.

'그들은 절대 날 가만두지 않을 거야.'

그들의 관리하에 있는 퀘스트 월드가 더 위험하지 않을까 싶기도 하지만, 퀘스트 월드이기에 그들이 함부로 접근하지 못할 것이다.

김성현이 큰 사고를 치지 않는 이상 자신들의 가장 크고 재밌는 장난감을 부술 수는 없을 테니까.

이 생각은 듀란달에게 전달하지 않았다.

"나만 믿고 따라와."

[흠……. 뭐, 알겠습니다.]

싸가지 없는 자식.

피식! 김성현이 웃었다.

"일단 어디서부터 시작할까."

김성현은 지금껏 자신이 겪어 온 에피소드들을 떠올렸다. 모두 클리어하긴 했지만, 그건 말 그대로 주어진 퀘스트를 클리어한 것이었다. 이건 잘못된 방법이다.

김성현은 운영진들이 참으로 악질이라 생각했다. 엔딩을 보기 위해선 해당 에피소드 내에 히든 피스를 찾아내야만 한다. 그 히든 피스는 전혀 연관이 없을 법한 다음 에피소드로 이어지는 줄기였다.

첫 번째 에피소드에선 황제가 숨기고 있는 비밀을 알아내는 것이 히든 피스였고, 두 번째 에피소드에선 현자의 돌이었다. 첫 번째는 찾는 데 실패했고, 두 번째는 성공했다.

'첫 단추부터 잘못 끼웠었지.'

아린의 아비인 황제가 숨기고 있는 것은 마룡 크락세삭스였다. 그리고 놈의 시체를 통해 만들어진 것이 현자의 돌이었다.

현자의 돌이 만들어지는 과정은 예전 에피소드에서 진행한 적 있었다. 다만 그것이 현자의 돌 제작이라곤 꿈에도 생각하지 못했다. 당연히 그 에피소드에서 히든 피스를 얻는 건 실패했다. 참으로 복잡한 게임이었다.

김성현은 어쩐지 퍼즐이 떠올랐다. 그렇다면 이제부턴 하나하나 신중히 맞춰 볼 생각이었다.

이미 외우주의 신격이 되었기에 플레이어를 비롯한 게임 속 인물 중에선 그를 막을 자가 없었다.

"소풍 가는 마음으로 해 보자고."

[옙!]

우렁찬 듀란달의 대답과 함께 김성현이 첫 에피소드를 정했다. 그의 신형이 푸른 빛 가루를 흘리며 사라졌다.

※ ※ ※

기와가 가지런히 쌓아 올려진 전각의 지붕 위, 김성현은 쫀쫀이를 뜯고 있었다.

현재 그가 진행 중인 에피소드는 멸혼으로, 히든 피스는 월석(月石)의 존재를 알아내는 것이었다.

지금의 그에겐 무척이나 쉬운 난이도였지만 일부러 여유를 가지고 있었다. 급하게 달리기엔 지난날 겪은 것들이 너무 힘들었기 때문이다.

듀란달이 말했다.

[그래도 너무 더딘 것 아닙니까?]

그의 말처럼 멸혼을 시작한 지 벌써 보름이 지났다.

김성현은 잘근잘근 씹던 쫀쫀이를 목구멍으로 넘겼다.

"뭐 어떠냐. 그냥 즐기는 거지."

[그것도 나쁘진 않지만…….]

듀란달은 무슨 말을 하려다 말끝을 흐렸다. 틀린 말이 아니었기 때문이다. 누군가에게 급박하게 쫓기는 것도 아니고, 이런 여유가 필요하긴 했다.

김성현이 씩 웃었다.

그때 전각의 문이 열리며 강단 있어 보이는 무인 하나가 걸어 나왔다. 무림맹에서 한 손에 꼽는다는 검존(劍尊), 위사백이었다.

방금 전까지 전각 안에선 월석에 관해 긴 회의가 진행되고 있었다.

위사백은 피곤한 얼굴로 지붕에 가려져 보이지 않는 사내에게 말했다.

"놈들의 추적이 내일부터 더 거세질 걸세. 얘기했던 것처럼 당장 지풍단(地風團)을 소집할 수 있도록."

"알겠습니다."

"그럼."

위사백의 신형이 흐릿해지며 금세 저 멀리까지 사라졌다. 초절정에 이른 무인다웠다.

김성현이 또 다른 쫀쫀이를 입에 물고 중얼거렸다.

"슬슬 우리도 움직일 때가 된 것 같다."

[그런 것 같네요.]

히든 피스도 히든 피스지만, 퀘스트를 깨지 못하면 찾아도 무용지물이었다.

현재 김성현이 진행하고 있는 에피소드 멸혼의 퀘스트 내용은 이러했다.

[에피소드 1(2):멸혼(滅魂)-하 제국 302년]
무림맹과 철혈련의 관계가 악화되었다.
그들의 충돌은 나날이 증가했고,
곧 정사 간의 커다란 대전쟁이 시작될 것이다.
전쟁을 막지 못한다면 강호는 피바다로 물들고,
수많은 희생자를 낳을 것이다.

[퀘스트 발생!]
정사대전 발발을 저지하라!

김성현이 시스템을 입맛대로 조정해 놨기에 클리어 조건과 보상은 뜨지 않았다. 이젠 필요하지 않은 것들이었다.

하지만 에피소드 내용까진 바꾸지 못했다. 이건 운영진의 힘이 깃들어 있기 때문이었다. 마음먹고 하면 불가능한 건 아니겠지만, 굳이 그럴 필요까진 없었다.

김성현은 에피소드 내용을 보면서 그들이 정말 악질이라는 것을 또 한 번 느꼈다.

"이 내용에서 대체 월석의 존재를 어떻게 알아내야 하는 거냐?"

[장난감이 괜히 장난감이겠습니까?]

듀란달의 말에 깊이 공감했다. 애초부터 엔딩을 볼 수 없게 만든 게임이었다.

더 웃긴 건 이 게임이란 세계였다.

처음 무지갯빛 존재의 기억을 읽었을 땐 어처구니가 없었다. 몸 상태가 별로라 내색하지 않았을 뿐이다.

이곳 우주는 실존'했었다'. 판데리아 대륙 역시 마찬가지였고, 천계, 마계 또한 실존했었다. 그리고 지금은 한낱 게임의 배경으로 전락하고 말았다. 바로 마신 때문이었다.

"그 미친 새끼가 이런 세상을……. 하긴 그러니 마신이라 불리는 거겠지."

[전에 제가 드렸던 부탁, 기억하시죠?]

퀘스트 월드의 진실을 모두 들은 듀란달은 크게 분개했다.

그는 김성현 덕분에 퀘스트 월드가 가짜 세계란 걸 알고 있었다. 그땐 말하지 않던 시기라 당시의 감정을 표출하지 않았다. 조금이라도 들킬 여지를 남기고 싶지 않았다.

그런데 이번에 듣게 된 진실은 이곳이 가짜 세계란 것보다 훨씬 큰 충격이었다.

김성현이 고개를 끄덕였다.

"반드시 너로 베어 줄게. 그 쓰레기 새끼."

마신, 그는 열한 번째 우주로 명명된, 퀘스트 월드의 배경이 되는 세계를 '직접' 멸망시킨 장본인이었다.

이유는 간단했다. 재미 삼아.

마신에게 외우주의 일부에 지나지 않는 내우주는 딱 그 정도 가치였다.

물론 요그 소토스를 비롯한 현 운영진들은 그의 생각과 달랐다. 하찮은 내우주라도 함부로 파괴하는 건 말이 안 되었다.

수많은 우주는 보이지 않는 네트워크로 연결되어 있다. 그리고 네트워크를 통해 모든 내우주의 정보를 외우주로 모을 수 있었다.

마신은 자신의 심심함을 달래기 위해 네트워크의 일부를 파괴해 오류를 만든 것이다.

그건 단순 잘못으로만 치부할 수 없었고, 혼돈의 옥좌에 앉은 '모든 것의 아버지'를 욕보이는 일이었다.

수장인 요그 소토스는 마신을 직접 봉인했다. 그리고 봉인이 드러나지 않도록 그 위에 생츄어리를 만들었다. 지금은 김성현 덕분에 그 봉인이 깨져 마신이 풀려나고 말았지만.

아무튼 그들은 생츄어리만 덜렁 있으니 느낌이 이상해 멸망한 우주를 복원했다. 그 과정에서 영원이나 다름없는 삶의 무료함을 달래기 위해 우주를 장난감으로 만들었다. 그것이 바로 퀘스트 월드였다.

그리고 그곳에 수많은 내우주의 종족들을 플레이어로 들였다. 엔딩을 본다면 원하는 소원을 들어주겠다는 조건으로.

소원을 들어주겠다는 건 진심이었다. 엔딩을 본다면 말이다.

[쓰레기 같은 놈들.]

듀란달이 보기엔 마신이나 그들이나 비슷한 자들이었다. 결국 생명을 가지고 장난치는 것 아닌가?

더 많은 생명을 고통 속에서 오랫동안 굴리는 건 어찌 보면 마신보다 더 악질이었다.

김성현은 고개를 끄덕였다. 그렇기에 더욱더 퀘스트 월드를 파괴하고, 고통받는 모든 것들을 구원해야만 했다.

그가 성인(聖人)이라서가 아니다. 퀘스트 월드가 그만큼 존재해선 안 되는 것이기 때문이다.

"그러기 위해선 직접 엔딩을 보는 게 중요해."

[그 부분은 말씀 안 해 주셨는데, 왜입니까?]

"그래야 완벽하게 파악할 수 있으니까."

[그 존재의 기억을 봤잖습니까?]

"보긴 했다만……."

운영진과 테베즈, 마신을 제외하고 외우주에서 건너온 유일한 무지갯빛 존재.

그의 정확한 정체를 알 수 없었다.

기억을 읽긴 했지만 심층까지 내려간 건 아니었기에 완벽히 아는 것은 불가능했다.

무엇보다 존재는 퀘스트 월드의 구조만 알았지, 전체적인 맥락까진 알지 못했다. 김성현이 엔딩을 직접 봐야 하는 이유였다.

[그렇군요.]

"아쉬워도 어쩔 수 없지. 그리고 알았다 해도 결국 난 엔딩을 보려고 했을 거야."

[그건 왜죠?]

"아까 말해 줬잖아. 퀘스트 월드는 플레이어의 입맛대로 역사를 바꿀 수 있어. 그러니까 모든 엔딩이 다르다는 거지."

[고작 그것 때문인가요?]

"고작이 아니야. 존재가 모든 엔딩의 종류를 안다면 모를까, 그게 아니었어. 알고 있었다 해도 그건 딱 한 가지 엔딩일 거야."

[그건 또 왜죠?]

"좀 생각하고 물어보면 안 되냐?"

[사실 알고 있는데 재미로 해 봤습니다. 엔딩을 보면 또 다른 퀘스트를 진행할 수 없기 때문이잖습니까.]

"나쁜 새끼. 푸하하!"

[하하하!]

김성현이 웃자 듀란달이 따라 웃었다.

그들의 바로 밑에 사람이 있었지만, 그 누구도 둘의 웃음소리를 듣지 못했다.

※ ※ ※

멸혼(滅魂) 귀영은 검을 품에 안고 나무에 기대 잠을 청하고 있었다. 그는 이번 에피소드 멸혼의 주역이었다.

그의 나이는 스물여섯으로, 멸혼참마검이란 극상승의 무공을 익혔다.

스승은 없었다. 절벽 깊은 곳에 위치한 멸혼동이란 동굴 안에서 멸혼참마검의 비급을 얻었다.

멸혼참마검은 하 왕국 시절에 악명을 떨친 무공이었다. 극양의 무공으로 대성하면 산을 쪼갤 정도의 위력을 선보일 수 있었다.

귀영은 열여덟에 멸혼참마검을 얻어 지금까지 총 277번이란 실전을 겪었다. 추격자들이 그를 끊임없이 추적했기 때문이다.

 이유는 간단했다. 멸혼참마검의 비급을 얻기 위해서, 멸혼참마검으로 육체를 단련한 귀영을 해부하기 위해서.

 두 가지가 대표적인 이유였고, 그 외에도 별의별 이유가 다 있었다.

 그러나 지금까지 살아남았다. 몇 번이나 죽을 뻔했지만 그걸 이겨 내고 끊임없이 강해졌다.

 더 이상 귀영을 추적하는 집단이나 개인은 없었다. 그러기엔 그가 너무 강해졌다.

 그때 귀영이 잠에서 깼다. 그의 날선 눈빛이 왼쪽으로 돌아갔다.

 그곳엔 아홉 척은 될 법한 거구의 사내가 서 있었다. 그리고 그 옆엔 곱상한 사내가 나무에 기대 있었다.

 "너흰?"

 귀영이 짧게 물었다.

 곱상한 사내가 피식 웃으며 어깨에 역으로 걸쳐 둔 검을 천천히 뽑았다.

 스릉!

 달빛에 반사된 칼날이 그 예리함을 한껏 자랑했다.

귀영의 눈에 이채가 스쳤다. 그는 품에 안은 검을 오른쪽으로 살짝 기울였다. 사내의 눈이 번뜩임과 동시에 거구의 사내가 괴성을 질렀다.

"크아아아아!"

"죽어!"

완전히 뽑힌 사내의 검과 거구의 주먹이 귀영에게 쇄도했다.

귀영의 눈이 차게 식었다. 그리고 그가 왼손으로 땅을 짚는 순간,

"크억!"

사내의 가슴에 핏빛 사선이 그어졌다. 거구의 주먹이 허공을 스쳤고, 바닥을 짚은 왼손으로 몸을 살짝 튼 귀영은 이미 뽑힌 검을 휘둘렀다.

쇄애애액! 퍽!

거구가 무릎을 꿇었다. 그의 이마에서 진득한 피가 흘러내렸다.

귀영은 자리에서 일어나 이마에 박힌 검을 뽑았다. 푸확! 피가 뿜어졌다.

한 걸음 뒤로 물러나 피를 피했다. 가뜩이나 기분 나쁘게 잠에서 깼는데, 피까지 튀기는 건 사양이었다.

"흥!"

그는 두 구의 시체를 뒤로하고 어둠 속으로 사라졌다.

그리고 그가 잠을 청하던 나무 위에서 김성현이 귀를 후비고 있었다.

"실력 대단한데?"

[진심이십니까?]

"그럼 농담하겠냐?"

물론 김성현에 비하면 한낱 벌레나 다름없었다. 검지와 엄지로 찌부러트리는 시늉만 했어도 귀영의 몸은 터져 나갔을 것이다. 그러니 자신의 강함은 논외로 치는 게 옳았다. 인간이되, 인간이 가질 수 없는 힘을 얻었으니까.

방금은 인간의 시점에서 귀영의 강함을 논했을 뿐이다. 저 정도면 한 번에 대신급 신격을 취득할 수 있을 것이다.

"지금은 요툰도 없을 테니 곧바로 천계로 가게 되겠군."

선택지가 사라졌으니 그것이 자연스러웠다.

물론 인간 기준으로 꽤 오랜 시간이 지났을 때의 얘기다. 지금은 한참 멀었다.

[한 30년 정도 걸리려나요?]

"그 정도까진 아닐 것 같은데? 모르겠다."

[그만 가시죠.]

"그래. 일단 퀘스트도 어느 정도 진행해 놔야지."

일단 첫 번째 정사대전 발발 원인은 막았다. 이곳에서

200킬로미터 정도 떨어진 곳이었는데, 주역의 얼굴이나 볼까 하고 일을 마친 대로 와 본 것이다.

곧 두 번째 원인이 발생할 것이다.

김성현은 아주 먼 거리를 코앞에 있는 것처럼 지켜보고 있었다.

철혈련의 3장로 이시백이 무림맹 산서 지부를 급습하려 하고 있다. 급습이 성공하면 곧장 정사대전으로 이어질 것이다.

그러나 김성현은 알고 있었다. 저것이 모두 개수작이란 것을.

"월석의 흔적을 찾았나 보군. 경쟁 상대인 무림맹의 눈을 돌리려 무리하고 있어."

[어쩌시겠습니까? 제가 저곳으로 가고, 주인님이 월석 찾는 놈들을 맡으시겠어요?]

"그럴 필요가 있냐?"

[예?]

"이러면 되는데."

김성현이 양손을 들었다. 그러곤 검지와 엄지를 집게처럼 구부렸다.

"그냥 찌부러트리지, 뭐."

검지와 엄지가 맞닿았다. 그의 주변엔 아무런 변화도 없었다. 변화가 생긴 것은 이곳에서 수백 킬로미터 떨어진 곳이었다.

이시백의 몸이 그 자리에서 터졌다. 그리고 그곳과 정반대 방향에서 월석 추적대의 대장이 같은 방법으로 죽었다.

듀란달은 어이가 없었다.

[그냥 가서 죽이십쇼······.]

"인간미가 너무 없었나?"

[쪼금?]

"하하!"

김성현의 모습이 숲속의 어둠에 파묻혀 사라졌다.

Chapter 4

 월석 추적대, 밀영단(謐影團)의 부단주 설혁은 납작하게 찌그러진 단주, 겸허의 시체를 보고 있었다.

 붉은 핏물이 돌바닥을 타고 흘러내렸다. 불과 1분 전에 벌어진 일이었다.

 뒤에 있던 단원 하나가 떨리는 목소리로 물었다.

 "부, 부단주님! 이게… 이게 대체 무슨……?"

 "……."

 설혁은 대답하지 않고 무덤덤하게 시체를 내려다보고 있었다.

 철혈련에서도 얼음덩어리라 불리는 그였다. 갑자기 겸

허의 몸이 짓눌리며 터졌을 땐 그도 충격받긴 했지만, 그것도 잠깐이었다.

그는 쪼그려 앉아 시체를 살폈다.

어디선가 기습이 있던 건 아니다. 수하들에게 주변을 살펴보라 지시를 내리긴 했지만 확신할 수 있었다.

'대체 뭘까?'

이런 걸 두고 마른하늘에 날벼락이라 하던가?

하늘이 자신들이 목표물을 못 찾도록 방해하는 것일지도 모른다. 허무맹랑한 생각이었지만, 그것 말곤 지금 상황은 말이 되지 않았다.

살면서 겸허를 존경해 본 적은 없지만, 무공에 있어서 그는 분명 사파에서 손에 꼽는 고수였다. 천하제일인의 기습이라 해도 무력하게 당하진 않으리라.

머리가 지끈거려 왔다.

철혈련주에겐 무어라 보고해야 할까. 사실대로 말한다면 과연 믿어 줄까?

피식! 웃음이 튀어나왔다.

"그냥 목을 치겠지."

"예?"

"혼잣말이다. 일단 단주님의 시체를 수거해라."

"아, 알겠습니다."

"일이 복잡해지겠군."

명석한 편인 설혁이었지만, 지금만큼은 도저히 답이 보이지 않았다.

지금 이 문제를 해결하기 위한 방법은 한 가지뿐이다.

"나머지는 나와 함께 다시 목표물의 흔적을 찾으러 간다."

"이, 임무를 속행합니까?"

"그래. 그것만이 우리가 살길이다."

수하들이 긴장한 얼굴로 고개를 끄덕였다.

※ ※ ※

설혁을 지켜보고 있던 김성현은 제법이라는 표정을 지었다.

"저 녀석, 굉장히 냉정한데?"

[부단주로 있을 그릇이 아니군요.]

그들이 봤을 때 설혁은 그릇이 굉장히 큰 인물이었다. 무공의 성취나 재능은 부족하나, 정치적으로 성장한다면 철혈련주가 되어도 이상하지 않았다.

그러나 안타깝게도 이곳에서 죽을 운명이다.

김성현은 주머니에 손을 꽂고 움직이기 시작한 밀영단 앞에 내려앉았다. 아직까지 실체화는 하지 않아 그들에게 김성현은 보이지도, 느껴지지도 않았다.

얼굴 정도는 보여 줘도 되겠지만, 굳이 그럴 필요가 있을까?

'더 비참해질 뿐이지.'

차라리 아무것도 모르고 죽는 게 낫다. 진실을 알면 더 가혹해질 뿐이니까.

김성현이 오른손 검지를 허공에 찍었다. 그다음 왼쪽으로 선을 긋듯 길게 움직였다. 겸허의 죽음에도 크게 내색하지 않던 설혁의 눈이 커졌다.

"크헉……."

"왜……?"

푸화하악!

밀영단 전원의 몸이 갈라지며 붉은 피가 뿜어져 나왔다. 피는 순식간에 땅을 더럽혔고, 상·하체가 분리된 시체들이 바닥을 나뒹굴었다. 설혁만이 유일하게 버티고 서 있었다.

공간을 통째로 그어 버린 거라 평범한 인간인 그가 버틸 재간은 없었다. 당연히 김성현이 수작을 부린 것이다.

[왜 저 녀석만 살리셨습니까?]

"기억은 읽어야 할 거 아냐."

[아하!]

무림맹과 철혈련, 현 에피소드의 중심인 귀영의 움직임은 모두 파악하고 있었다. 그러나 월석의 흔적만큼은 예외였다.

 김성현이 간섭할 수 있는 영역은 생물 단위까지다. 월석의 위치도 아니고, 월석의 흔적까지 알 방법은 없었다. 그러니 기억을 읽을 생각이었다.

 설혁의 눈에 더 이상 차가움 같은 건 남아 있지 않았다. 절대적인 공포 앞에서 의식을 잃어버린 것이다.

 김성현은 휘적휘적 걸어가 그의 이마에 손을 얹었다.

"음……."

[왜요?]

"이 녀석들, 잘못 짚은 거 같은데?"

 기억을 읽은 결과 그들이 찾아낸 것은 월석의 흔적이 아니었다. 이들은 월석의 흔적이 맞다고 믿고 있었지만, 완전히 잘못 짚었다.

 김성현이 이마에서 손을 떼자 설혁의 몸이 축 늘어졌다. 그대로 죽어 버린 것이다.

 손가락을 휘젓는 것으로 시체들을 모조리 소멸시켰다. 웅덩이 수준으로 고였던 피와 혈향도 거짓말처럼 사라졌다.

 듀란달이 작게 감탄했다.

[볼 때마다 놀랍습니다.]

"이 정도야, 뭐."

 듀란달의 기준에선 얼마 전까지 김성현은 강대한 적들

에게 휘둘리는 약해 빠진 플레이어였다. 감정과 욕구가 돌아오면서 다시 예전의 김성현이 되긴 했지만, 이런 힘을 발휘할 때마다 깜짝깜짝 놀랐다.

그런 듀란달의 생각을 고스란히 전달받은 김성현이 피식 웃었다.

"너도 한 만 년 정도 고생해 보면 손에 넣을 수 있을 거다."

[만 년…….]

테베즈와의 거래로 그가 무슨 일을 겪었는지는 대충 알고 있었다. 말로는 언제든 뱉을 수 있는 12,000년이지만 실제로 겪는다고 생각하면…….

듀란달은 육체가 없지만, 있었다면 지금 고개를 젓고 있었을 것이다. 그만큼 상상조차 하고 싶지 않았다.

김성현은 계속해서 전달되는 듀란달의 생각을 차단하고 밀영단이 가려 했던 목적지를 떠올렸다.

"가 볼까?"

[어딜요?]

"놈들이 가려고 했던 곳."

사실 판데리아에서 얻을 수 있는 기물(奇物)이라 해 봐야 김성현에겐 쓸모없을 것이다.

그것과는 별개로 호기심이 동했다.

어차피 시간은 많다. 그곳까지 가는 데 시간이 걸리는 것도 아니고.

 곧장 발걸음을 옮겼다. 배경이 인지할 수 없는 속도로 스쳐 지나갔다.

 거짓말처럼 서 있던 장소가 바뀌었다. 적응하기 힘든 듯 듀란달이 칭얼거렸다.

 [이거 진짜 겪는 검 입장에선 토할 것 같습니다.]

 "넌 어차피 토도 못하잖아?"

 [말이 그렇다는 거죠, 말이! 그냥 공간 이동으로 이동해 주십쇼! 이거 정말 고역이라고요!]

 "알겠어, 알겠어."

 물론 대답만 그럴 뿐 앞으로도 지금 같은 이동법을 고수할 생각이다.

 김성현은 입꼬리를 올리며 목적지까지 걸음을 옮겼다. 그러면서 다른 곳에서 벌어지고 있는 상황을 주시했다.

 "이시백이 죽었다는 정보가 벌써 철혈련에 들어갔군."

 [빠른데요?]

 "그놈들, 서방의 기술력을 가지고 있잖아. 마법이면 충분히 가능하지."

 철혈련은 무림맹 몰래 서방의 범죄 조직과 거래를 튼 상태였다. 그중엔 당연히 통신구도 있었다. 그걸 사용하면 천 리 바깥에 있어도 연락할 수 있었다.

동방의 무인들은 서방을 싫어하지만, 사도(私道)를 걷는 이들이 물불을 가릴 리 없다.

 [골치 아파지는 거 아니겠습니까? 무림맹의 짓이라고 생각할 수도 있잖아요.]

 "무림맹 짓이라고 생각하겠지. 하지만 그걸 무림맹 탓으로 돌릴 수는 없을 거야."

 [왜죠?]

 "먼저 맹의 영역에 들어간 놈들이 개들이잖아."

 [그런 게 무슨 상관인데요? 그럴 거면 애초부터 습격을 노리지 않았겠죠.]

 "거기서 모순이 발생하는 거야. 사람이란 그런 거거든. 맹이 먼저 나서지 않는 이상 철혈련은 침묵하고 있을걸? 못 믿겠으면 나랑 내기하든가."

 [으음······.]

 듀란달은 왠지 이번만큼은 김성현이 틀렸을 거라 생각했다. 그러나 모든 것을 관조할 수 있는 그가 과연 틀렸을까라는 의문이 들었다.

 모순된 생각이긴 했지만 그의 입장에선 그럴 수밖에 없었다. 김성현은 온연한 신이었고, 자신은 조금 특별한 검이었으니까.

 '이 녀석 봐라?'

김성현은 듀란달이 나름 심각하게 고민하고 있다는 걸 눈치챘다. 괘씸하게 느껴졌다. 이렇게 된 거 제대로 골려볼까 하고 살짝 도발했다.

"쫄?"

[예?]

"쫄?"

[……]

듀란달에겐 얼굴이 없지만, 있었다면 벙찐 표정을 짓고 있을 것이다.

김성현이 히죽 웃으며 한 번 더 반복했다.

"쫄?"

[합시다! 해요!]

별것 없는 도발이지만, 상대를 슬슬 긁기엔 이만한 게 또 없다.

그야말로 가성비 최고의 도발! 쫄?

"호호호! 무르기 없기다?"

[당연하죠! 남자가 한 입으로 두말하겠습니까? 주인님이야말로 각오하시죠! 흥!]

"좋아, 좋아. 그렇게 나와야지. 소원빵? 어때?"

[소, 소원이요?]

"쫄?"

[해요! 해요! 각오하십쇼!]

"크하하!"

김성현이 크게 웃음을 터트렸다.

듀란달의 이런 모습은 또 처음이라 너무나 신선했다. 간간이 놀려 먹어야겠다고 생각했다.

"흐흐! 그건 그거고, 저기다."

실없이 흘러나오는 웃음을 참은 김성현이 가파른 절벽에 난 동굴을 가리켰다.

어린아이도 들어가기 힘들 정도로 작은 동굴이었다. 물론 그에겐 해당 사항이 없는 얘기였다.

천천히 날아올라 동굴 입구까지 이동했다. 코앞까지 와 보니 방금 전의 생각을 정정해야 했다.

"너도 못 들어가겠다."

[이거… 동굴 맞아요?]

듀란달은 꽤 크긴 했지만, 넓적해 충분히 들어갈 수 있을 줄 알았다. 아슬아슬하게 못 들어간다.

김성현은 낮게 혀를 찼다. 오랜만에 자신의 생각이 틀렸기 때문이다. 이거, 잘하면 내기에서 질 수도 있겠다.

'별생각을 다 하네.'

아직도 내기가 머릿속에서 떠나지 않은 모양이다. 김성현은 헛웃음을 지으며 그대로 동굴 안으로 들어갔다.

스르륵! 거짓말처럼 김성현의 몸이 벽을 뚫고 안으로 들어갔다. 자연과 완벽한 동화 상태가 된 것이다. 이 정도는 그에게 잔재주에 불과했다.

 눈을 부릅뜨자 가로막고 있는 모든 것을 투시했다.

 작게 나 있는 동굴의 통로가 안쪽으로 길게 뻗어 있다. 그곳엔 제법 큰 공간이 있었는데, 중심에 아치형 바위 하나가 덩그러니 놓여 있었다.

'저거군.'

 김성현은 곧장 그곳으로 이동했다. 자연과의 동화를 풀자 한순간에 어둠이 찾아왔다. 그러나 어둠은 금세 사라지며 빛이 없음에도 대낮처럼 환해졌다.

 바위를 코앞에서 보니 멀리서 볼 때보다 훨씬 깔끔한 아치형을 그리고 있었다.

 표면도 매끈한 것이 자연스럽게 만들어진 것이 아니다. 누군가의 손을 탄 것이 분명하다. 누군가 남긴 기물인 건 확실했다.

"어디 한번 보자고."

 손바닥에 힘을 주자 바위를 거쳐 간 모든 것들이 그의 머릿속으로 스며들기 시작했다.

"재밌는 물건이었네."

 [뭡니까?]

잠자코 있던 듀란달이 물었다.

김성현은 대답 대신 손을 위로 들어 올렸다. 그리고 말아 쥔 주먹으로 바위를 내려쳤다.

콰앙!

힘 조절을 했기에 동굴이 있는 산 전체가 무너지지 않았다. 깔끔하게 바위만 두 동강 난 채로 벌어져 있었다.

듀란달이 흥미로운 목소리로 말했다.

[호오……. 이걸 보관하기 위해 만들어진 바위였군요.]

"인간의 작품이 아니야. 아니, 인간의 작품이어도 적어도 이 시간대의 작품이 아니야."

김성현이 쪼개진 바위 안에 든 내용물을 집었다.

아주 얇고 작은 그것은 왜 바위처럼 단단한 것에 보관되어 있었는지 알 것 같았다. 너무나 연약하고, 살짝만 건드려도 부서질 것 같다.

녹색 바탕에 수많은 금색 회로가 거미줄처럼 퍼져 있고, 중심엔 맨들맨들한 직사각형의 칩이 박혀 있었다. 마이크로칩이었다.

이런 게 왜 여기에 있는지 알 수 없었다. 역시 제일 좋은 것은 사물의 기억을 읽어 보는 것이다.

"이것도 한번 보자고."

김성현이 마이크로칩의 기억을 읽기 시작했다. 그러나

그의 인상이 찌푸려지더니 마이크로칩을 내려다봤다.

"안 보이잖아?"

[예?]

"누군가 마이크로칩의 기억을 보지 못하도록 막아 놨어. 이거… 아주 중요한 물건인가 보다."

김성현의 입가에 미소가 그려졌다. 작은 물고기를 낚을 생각이었는데, 생각지도 못한 대어가 걸리고 말았다.

그때 철혈련이 급하게 움직이는 게 느껴졌다. 김성현은 인상을 구기며 마이크로칩을 아공간에 집어넣었다.

"빨리 가 봐야겠어."

[무슨 일입니까?]

"철혈련이 움직였어. 병력을 이끌고."

그 말을 들은 듀란달이 웃음기 있는 목소리로 대꾸했다.

[제가 이긴 것 같네요. 푸흡!]

❈ ❈ ❈

철혈련주 독고랑.

그는 유서 깊은 독고세가의 후예로, 독고세가는 정파 쪽 명문 무가(武家)였다. 그러나 대략 200년 전 벌어진 모종의 사건으로 사파로 넘어오게 되었다.

그렇게 세월이 흐르고 독고세가는 사파 계열의 무가 중에서도 최고가 되었고, 독고랑은 사파 최고 집단 철혈련의 주인이 되었다.

그런 독고랑은 현재 얼굴이 시뻘게질 정도로 화가 나 있었다.

"개놈 새끼들!"

쾅!

고목나무로 이루어진 두꺼운 팔걸이가 묵직한 주먹 한 방에 먼지가 되었다.

독고랑은 거친 숨을 몰아쉬었다. 그러곤 검은 바탕에 금색으로 용 자수가 새겨진 도포를 펄럭이며 자리에서 일어났다.

직선으로 이어진 계단 아래 부하들이 겁먹은 표정으로 고개를 숙이고 있었다.

"버러지 새끼들……. 누가 일을 이따위로 하라 했나!"

쿠오오오!

거친 사자후가 터져 나오며 대전 전체가 크게 들썩였다. 그의 내공이 얼마나 심후한지 알려 주는 대목이었다.

덕분에 부하들은 마른침을 삼키며 사시나무처럼 덜덜 떨고 있었다.

독고랑의 손속은 자비가 없기로 유명하기 때문이었다.

그가 가장 앞에 선 철혈련의 최고 책사, 최백에게 물었다.

"어떻게 되고 있나."

"아직 파악하지 못했습… 크윽……!"

최백은 말을 끝까지 잇지 못했다. 엄청난 압박감과 살기가 그를 덮쳤기 때문이다.

철혈련의 책사 정도면 무공도 뛰어나야 한다. 그러나 살기를 내뿜는 대상이 독고랑이라면 얘기가 달라진다.

그는 드넓은 강호에서도 무림맹주와 최강을 다투는 절대지경의 고수. 주먹을 휘두르는 것만으로도 고깃덩어리처럼 몸이 반죽될 것이다.

차라리 거짓 보고라도 한다면 상황을 모면할 순 있을 것이다. 그러나 거짓으로 보고할 만한 것도 없었다. 무림맹 산서 지부 습격을 맡은 3장로 이시백이 너무 말도 안 되게 죽었기 때문이다.

그의 보좌를 맡은 혈검(血劍) 당록은 그가 눈앞에서 갑자기 짜부라지며 터져 죽었다고 증언했다. 지나가던 개도 안 믿을 개소리였다. 다른 수하들도 같은 증언을 한 것이 기묘하지만 입을 맞추면 못할 것도 없었다.

여튼 이시백이 누군가에게 당했다는 건 확실한데, 누군가가 대체 누구냐는 거다.

지금 상황에선 무림맹 말곤 범인으로 지목할 대상이 없다.

하지만 철저하게 준비했기에 무림맹이 알 방법은 없었다. 알았다 해도 마찬가지였다. 지금처럼 조용히 있을 리가 없다.

고민에 고민을 거듭한 최백이 자신감 없는 눈으로 말했다.

"일단… 어떻게 돌아가는지 지켜보는 게 맞다고 생각합니다."

"뭐라?"

"히익!"

독고랑의 매서운 눈빛에 소피를 지릴 뻔했다.

최백은 울상을 짓고 싶었다. 그는 떨리는 목소리로 자신의 생각을 조심스럽게 얘기했다.

"만약 범인이 무림맹이라면 아직까지 아무 짓도 안 하고 있을 리가 없습니다. 그렇다고 저희가 무림맹에게 책임 전가를 하기엔 습격을 하려던 게 저희기 때문에……."

"그러니까 당하고도 가만히 있어라, 그 말이냐? 어?"

독고랑에게서 매서운 내력이 흘러나오기 시작했다. 순식간에 대전을 가득 채운 그의 내력은 바다 깊은 곳, 심해의 그것처럼 굉장한 압력을 머금고 있었다.

"병사를 일으킨다. 어차피 우리가 전면전을 일으키려고 했다. 안 그런가?"

"하, 하오나……. 알겠습니다."

최백은 병사를 일으켰을 시의 문제점을 지적하려 했으나, 입을 다물었다. 독고랑의 성격상 한 번 뱉은 말은 주워 담지 않기 때문이다. 그리고 그건 본인의 강한 무공에 자신이 있기 때문이었다.

독고랑이 대전의 중앙으로 걸어가며 모두에게 말했다.

"다들 준비하라! 전쟁이다!"

"……."

"전쟁이라고! 콱! 씨!"

"우와아아아!"

우렁찬 함성 소리가 대전에서 쩌렁쩌렁 울려 퍼졌다.

❋ ❋ ❋

김성현은 이마를 짚었다. 자신의 생각이 틀릴 거라고는 조금도 생각하지 않았다. 인간이란 그런 종족이었으니까.

실제로 그의 생각은 얼추 맞았다. 철혈련주를 잘못 파악했을 뿐이다. 설마 그가 뇌까지 근육으로 가득 찬 바보일 거라곤 꿈에도 생각지 못했다. 덕분에 듀란달에게 소원 하나를 들어줘야 했다.

"후우……. 말해 봐. 가능한 건 다 해 줄 테니까."

[정말입니까?]

듀란달이 기대감에 찬 목소리로 물었다.

"그래. 뭘 원하냐?"

[흠……. 뭐가 좋을까요? 이번 에피소드까지 고민하고 알려 드리겠습니다.]

"그래, 그래. 마음대로 해라. 그나저나 일이 꼬였네. 아직 월석의 흔적도 못 찾았는데, 에피소드를 마무리하게 생겼잖아?"

[아니, 그런 힘을 가졌는데 흔적 하나 못 찾는 게 말이 됩니까?]

"…내 힘이 추적에 능하진 않아서."

[그게 무슨 말입니까?]

"쉽게 말해 외우주의 신격 정도가 되면 자신의 성향에 맞는 고유의 힘을 얻게 되거든. 그런데 내 고유의 힘은 추적과는 영 거리가 멀다, 이 말이지. 예시를 들자면 요그 소토스는 놈 자체가 시공간이잖아. 그게 놈의 고유의 힘이야."

[이해가 팍 됐습니다. 그럼 주인님의 고유의 힘은 뭔데요?]

"나? 흐흐……."

김성현이 기분 나쁜 웃음소리를 흘렸다. 듀란달은 괜히 물었다는 생각이 들었다.

"여튼 그건 나중에 알려 줄게. 급한 불부터 끄자고. 네가 철혈련을 막아라. 그동안 내가 흔적을 찾아서 합류할게."

[알겠습니다.]

듀란달이 홀로 검집에서 빠져나와 허공에서 빙그르르 돌았다. 그러곤 김성현에게 90도로 인사했다.

[다녀오겠습니다.]

"오냐."

[그럼!]

피융!

듀란달이 엄청난 속도로 멀어지기 시작했다. 그의 힘이라면 홀로 막고도 며칠은 거뜬히 버틸 것이다.

그보단 자신이 문제였다. 대륙 단위로 추적 마법을 사용해 볼까 했지만, 그렇게 찾는 건 사막에서 바늘 찾기랑 크게 다르지 않다. 효율적인 방법을 찾아야 한다.

"잠깐……."

김성현은 급히 아공간을 열어 마이크로칩을 꺼냈다.

문득 든 생각이었다. 이 마이크로칩은 현 시대에 존재해선 안 되는 물건이다. 그렇다는 건 초자연적인 무언가가 이것을 남겨 두고 갔다는 얘기가 된다.

뜬금없긴 하지만 거기까지 생각이 미치자 헛웃음이 튀어나왔다. 지금까지 편견에 사로잡혔다는 걸 깨달은 것이다.

월석이란 것이 진짜 돌일 필요가 없다. 오히려 그 쓰임새를 생각한다면 고전적인 형태를 하고 있을 리 없었다.

월석의 존재와 쓰임새는 알았지만, 형태까진 알지 못해 생긴 편견이었다.

미래적인 디자인, 알 수 없는 힘, 일개 부품인 걸 감안했을 때 정답은 이미 나와 있었다.

"이게 월석의 흔적이다."

그 생각은 정확히 들어맞았다. 히든 피스를 찾아냈다. 이 에피소드에 더 이상 볼일은 없었다.

"크큭! 어이가 없어서. 걔네들이 잘못 찾은 거라 생각했었는데, 괜히 미안하네. 어차피 죽었지만. 그나저나 괜히 보냈잖아? 같이 가도 됐는데. 뭐, 상관없나?"

김성현은 듀란달과 철혈련의 전투 쪽으로 시선을 돌렸다.

혼자서 휘둘러지는 검 하나에 철혈련의 무인들이 픽픽 쓰러져 나간다. 그나마 철혈련주가 버티고 서 있지만 그것도 한계였다.

듀란달은 스스로가 대신급 힘을 갖춘 성검. 제대로 된 신격도 못 얻은 인간이 상대할 정도로 만만하지 않다.

※ ※ ※

듀란달은 두꺼운 태도(太刀)를 자비 없이 후려쳤다.

"크악!"

태도의 주인, 독고랑이 태도를 바닥에 떨어트렸다. 절대지경에 오른 그에게 있어 말도 안 되는 일이었다.

아귀 가죽이 모조리 찢어져 피가 철철 샌다. 팔 근육도 끊어졌는지 힘이 들어가지 않았다.

독고랑은 처음 듀란달을 봤을 때를 떠올렸다.

고작해야 몇 분 전의 일이었다. 그는 철혈련의 무인들을 이끌고 무림맹의 총본산으로 향하고 있었다. 그때 저 검이 길가에 꽂혀 있었다.

처음엔 고급스러움이 물씬 풍기는 서방식 대검이라 소유욕이 일었다.

함정이라는 냄새가 풀풀 풍겼지만, 아무래도 좋았다. 누구에게도 당하지 않을 거라는 자신이 있었으니까.

그는 부하들에게 검을 가지고 오라 명령을 내렸다. 그리고 그곳으로 간 이들의 사지가 갈라지며 피를 뿜었다.

그때까지만 해도 자신을 포함해 상황 파악을 한 이들은 단 한 명도 없었다.

커다란 대검이 홀로 움직여 공격할 거란 발상을 그 누가 하겠는가? 함정이어도 정도가 있는 것이다.

저 정도면 단순 어검술이 아니었다. 검이 움직이는 검로 하며, 휘어지는 곡선은 초고수의 그것을 상회했다.

"큭!"

독고랑은 옆으로 몸을 날리며 신음을 흘렸다. 급격히 쏟아져 온 듀란달이 허벅지를 벴기 때문이다. 강기를 둘렀는데도 무용지물이었다.

'대체 누가 어검술을 사용하는 거지?'

이 정도 수준으로 어검술을 다루려면 어느 정도의 경지까지 올라야 한단 말인가?

듀란달이 자체적인 혼을 가진 에고 소드란 걸 모르는 그는 그렇게밖에 생각할 수 없었다.

튕기듯 일어난 독고랑은 터질 것 같은 심장을 부여잡았다. 부하들은 이미 멀찍이 물러난 상태였다. 괘씸하게 느껴졌지만 오히려 저게 더 낫단 생각이 들었다. 괜히 주변에 있다가 회피하는 데 방해물로 작용할 수 있다.

듀란달이 위로 천천히 떠올랐다. 황금빛 기운이 넘실거리며 소름 끼치는 힘을 발산하고 있다. 이번에 승부를 볼 작정인 모양이었다.

'젠장! 대체 왜 이런 거지 같은 일이!'

차라리 어검술을 사용하는 자가 눈앞에 나타났으면 덜 억울했을 것이다.

이런 식으로 죽으면 너무 굴욕적이지 않은가!

"난 죽지 않아!"

독고랑이 두 주먹을 맞대며 내력을 끌어 올렸다.

쿠구구!

대기가 진동하며 자색 강기가 몸 전체로 퍼져 나왔다. 실로 놀라운 힘이었다.

비틀린 공간이 맞닿은 주먹 사이로 회전하기 시작한다. 한 발을 앞으로 빼고, 주먹을 서서히 떼며 공격 자세를 취했다.

철혈련 소속 무인 하나가 무심코 하늘을 올려다봤다. 그가 경악한 목소리로 모두에게 외쳤다.

"하, 하늘이!"

"무슨… 헉!"

구름으로 가득 찬 하늘이 직선으로 갈라진다. 그 틈으로 바람이 흘러 들어가며, 구름이 빨려 들어가는 듯한 형상이 되었다.

독고랑이 눈을 부릅뜨며 일권을 내질렀다.

[패철육권(覇鐵六拳):제6(六)식, 강태파(强太波)!]

대기가 꿀렁이며 파도치듯 앞 공기를 밀어냈다.

독고랑이 독문세가에 전해지는 권법을 자신의 입맛에 맞게 개량한 패철육권. 그것도 필살기로 분류되는 제6식 강태파는, 공간을 초고속으로 밀어내며 대상을 완전히 파괴하는 지극히 패도적인 기술이었다.

소림의 백보신권(百步神拳)과 흡사하지만 위력만큼은 훨씬 강력했다. 아무리 제멋대로 날뛰는 검이라도 강태파

만큼은 피할 수 없을 것이다.

그리고 실제로 피하지 못했다. 아니, 않았다. 듀란달은 밀려들어 오는 공간을 보며 피식 웃었다.

[제법이군.]

하지만 딱 그 정도.

그가 날을 세우고 한 바퀴 빙글 돌았다.

그러자,

쯔어어억! 꾸와아아앙!

밀려드는 공간이 통째로 잘리며 기괴한 소리가 울려 퍼지기 시작했다.

듀란달은 갈라진 공간을 타고 슝 날아갔다.

"흡!"

허망한 표정으로 서 있던 독고랑이 짧은 신음을 토해 내며 아래를 내려다봤다. 듀란달이 그의 가슴에 정확히 박혀 있었다.

꿀렁! 목구멍을 타고 넘어온 피가 한 움큼 토해졌다.

독고랑은 멀어지는 의식 속에서 앞으로 손을 뻗었다. 그것이 그의 마지막이었다.

[휴~]

듀란달은 시체가 된 독고랑의 몸을 비집고 나왔다. 이 정도면 정사대전 발발은 충분히 막았을 것이다.

괜한 뿌듯함에 실없는 웃음이 흘러나왔다.

[흐히히! 이제 소원만 빌면 되겠군.]

듀란달은 멀리서 공포에 떨고 있는 철혈련 무인들을 보았다. 굳이 저들까지 괴롭힐 필욘 없을 것이다.

때마침 김성현이 이곳으로 오는 게 느껴졌다. 저들의 처분은 그에게 맡기면 된다.

[오셨습니까?]

"오냐, 수고했다."

어느새 뒤에 나타난 김성현이 듀란달을 검집에 집어넣었다. 주변을 보니 상당히 많은 시체가 보였다.

"많이도 죽였다?"

[하하! 저들은 어쩌시겠습니까?]

듀란달의 말에 김성현이 남아 있는 무인들을 보았다.

사파 녀석들이라 어디 가서 착한 짓 하고 다니진 않을 것이다. 그렇다고 다 죽이기엔 분명 의로운 사파 무인도 있을 터. 사파라고 다 패악적이고 잔혹무도하진 않으니까.

"살려 주지, 뭐."

김성현은 그리 말하고 몸을 돌렸다.

덩그러니 남은 철혈련 무인들은 한동안 말없이 그들이 있던 곳에서 눈을 돌리지 못했다.

✹ ✹ ✹

 멸혼 에피소드를 무난하게 클리어한 김성현은 새로운 에피소드에 들어섰다.

 에피소드명은 이방인. 라델로스력 833년을 배경으로 하는 곳이었다.

 라델로스력 하면 가장 먼저 떠오르는 건 역시나 잭이었다. 별것 없는 악인으로 등장해 김성현의 첫 번째 하수인이 되었다.

 처음엔 장기 말 정도로만 사용하려고 했는데, 그의 최후는 자신을 송두리째 바꿔 버렸다.

 설마 가짜로 부여된 충성심이 주인을 위한 희생까지 이어질지 누가 알았겠는가.

 그 이후로 김성현은 정말 필요한 것이 아니라면 하수인을 만들지 않았다.

"녀석이 죽고 200년이 흐른 세계구나."

[잭 로벤 말씀이십니까?]

 듀란달은 잭을 잘 몰랐지만, 대충은 알고 있었다.

 그러고 보니 듀란달도 에피소드 2에서 베이트렉스를 쓰러트리고 얻은 전리품이었다. 그땐 영혼의 파트너가 되리라곤 생각도 못했었다.

김성현은 옛 추억을 떠올리다 피식 웃었다.

'나답지 않게 감성적이었네.'

"이번 에피소드는 빨리 진행하자고."

[그러시죠.]

이번 에피소드는 처음부터 일석(日石)이 공개된다. 에피소드명의 이방인이 가지고 있는 것으로 되어 있는데, 히든 피스는 일석의 비밀을 알아내는 것이었다.

[에피소드 2(2):이방인(異邦人)]-라델로스력 833년

어디서, 어떻게, 왜 서방의 땅을 밟았는지 모를 한 사내가
있다. 그는 항상 회색빛의 낡은 로브를 입고 다니며,
기이한 마법을 사용했다.

그리고 그 기이한 마법이 이방인이 가진 신비한 돌에서
시작된다는 것을 서방의 권력자들은 모두 알고 있었다.

그들은 이방인이 가진 신비한 돌을 빼앗으려 하고 있다.

[퀘스트 발생!]

이방인을 도와라!

이미 알고 있는 내용을 한 번 더 본 김성현은 곧장 발걸음을 옮겼다. 목적지는 당연히 이방인이 있는 곳이었다.

※ ※ ※

밤의 어둠으로 가득 찬 가파른 산맥. 회색 로브의 사내가 산맥의 높은 암벽을 맨손으로 오르고 있었다.

사내는 독특한 모양의 팔찌를 오른팔에 끼고 있었는데, 팔찌의 중앙에 노란 빛깔의 보석이 박혀 있었다.

"후우······."

사내는 이마에 송골송골 맺힌 땀방울을 닦았다.

그의 이름은 알렉시온 그란델피아.

판데리아 대륙 최북단에 위치한 작은 섬나라, 그란델피아 왕국의 왕세자였다.

그란델피아 왕국은 판데리아 대륙에 알려지지 않은 비밀스러운 나라였다. 그곳은 해룡(海龍)의 비호를 받는 곳으로, 용의 마법으로 숨겨져 있었다.

국민 수는 100명 조금 넘는 수준으로 국가라 칭하기엔 많이 부족했지만, 존재 목적 자체가 다른 나라와는 완전히 달랐다.

그란델피아 왕가의 존재 목적.

그것은 바로 선샤인 스톤(Sunshine Stone)이란 노란 빛깔의 보석을 수호하는 것이었다.

선샤인 스톤이 어디에 쓰이는지는 왕가도 알지 못했다. 그저 '약속의 날'까지 수호해야 한다는 사명만이 대대로 전해져 왔다.

선샤인 스톤은 특별한 힘을 가지고 있었는데, 오직 왕가의 핏줄만이 다룰 수 있는 힘이었다.

그런 특별한 물건을 알렉시온이 낯선 서방 땅까지 가져온 이유는 단 하나였다. 약속의 날이 머지않았기 때문이었다.

"제길……."

알렉시온은 손가락에서 느껴지는 고통에 이를 악물었다.

손톱은 다 부서지고, 살갗은 다 까졌다. 피범벅이 되다 못해 손 전체가 붉게 물들어 있었다. 끔찍한 고통이었지만 인내했다.

그는 왼발을 위로 올려 암벽 틈에 걸쳤다. 그리고 힘껏 밀어내며 왼손을 올려 또 다른 틈을 잡았다.

"후욱… 후욱……."

휘이잉!

강한 돌풍이 불어닥쳤다. 숨을 몰아쉬던 알렉시온은 숨을 참고 암벽에 몸을 고정시켰다. 이곳에서 떨어지면 반드시 죽고 만다.

그는 자신이 왜 이런 상황에 처하게 됐는지 기억을 떠올렸다.

때는 바로 3일 전이었다.

알렉시온은 약속의 날이라는 비밀스럽고, 아주 중요한 거사를 위해 호위 없이 서방의 땅을 밟았다.

그란델피아란 왕국을 아는 이는 없었기에, 그는 유람하는 마음으로 약속의 장소로 향했다. 그러던 중 산적에게 납치당하는 여인을 발견하게 됐다.

그란델피아 왕국은 오래전부터 속세와 완전히 단절된 세계였다. 그곳에서 순수하게 자란 알렉시온은 당연히 불의를 보고 참지 못했다.

설마 하는 마음도 없이 그는 선샤인 스톤의 힘을 사용했다. 그란델피아 왕국과 역사를 같이한 보석인 만큼 누구도 알지 못하리라 생각했기 때문이었다.

산적들은 그 힘에 거짓말처럼 소멸했다. 여인은 그에게 감사 인사를 하고 도망치듯 떠나갔다.

이때까지만 해도 알렉시온은 아무것도 모르고 있었다. 선샤인 스톤의 존재를 아는 자들이 이 세상에 얼마나 많은지를.

어느 날부턴가 정체를 알 수 없는 자들이 습격해 왔다. 선샤인 스톤의 힘이 너무나 강대해 위협조차 되지 않았지만,

알렉시온이 현 상황에 의아함을 느끼지 않을 리 없었다.

그는 일이 잘못된 걸 느꼈다. 그리고 급하게 약속의 장소로 향했다.

하나 어떻게 안 것인지 추적자들은 그를 계속해서 쫓아왔다. 그것도 한두 세력이 아니었다.

당연했다. 그를 노리는 자들은 서방 세계의 권력자들로, 작게는 거대 길드의 수장부터 크게는 대제국의 황제였으니까.

알렉시온은 도망자가 되었다. 지은 죄도 없건만 매일매일이 사선을 걷는 나날이었다.

선샤인 스톤이 없었다면 진즉에 죽었을 것이다. 아니, 선샤인 스톤이 없었다면 이런 꼴도 당하지 않았으리라.

그렇게 3일째 되던 날이며, 현재로부터 고작 몇 시간 전, 알렉시온은 난생처음으로 절대적인 위협을 마주하게 되었다.

리즈칸 제국은 서방 최대 규모의 대제국이었다. 제국은 총 여섯의 소드마스터를 보유하고 있었는데, 그 정점에 위치한 소드마스터가 그의 앞길을 막아선 것이다.

싸움은 치열했다. 알렉시온의 선샤인 스톤을 다루는 실력은 절대 소드마스터에게 뒤지지 않았다. 그러나 순수한 무를 갈고닦아 초월적인 힘을 얻은 적을 쓰러트리는 건 불가능했다.

 상황을 타개할 방법은 모험밖에 없었다. 알렉시온은 선샤인 스톤의 힘을 최대치까지 개방했다. 하늘까지 솟구친 오러 블레이드가 선샤인 스톤의 힘을 가르려 했지만, 그가 반 박자 더 빨랐다.

 오러가 실린 검이 대기를 갈랐을 때 알렉시온은 사라지고 난 후였다. 그리고 그가 나타난 곳은 지금 오르고 있는 암벽의 중간 부근이었다.

 성공적으로 도망치는 데 성공했지만, 암벽을 오르는 것 말고는 길이 존재하지 않았다. 아무리 선샤인 스톤이라도 까마득한 절벽에서 떨어지면 죽을 수밖에 없었다.

"조금만 더 오르면 된다."

 그렇게 알렉시온은 몇 시간째 암벽을 오르고 있었다.

 조금씩, 조금씩 찢어질 것 같은 통증을 견뎌 내며 알렉시온은 기어코 정상에 도달했다.

 그는 혈향이 느껴지는 숨을 토해 내며 바닥에 드러누웠다. 더 이상은 움직이지 못할 것 같았다.

 그때 그의 머리맡에서 발소리가 들렸다. 알렉시온은 뼈 마디마디가 부러질 것 같았지만 튕기듯 자리에서 일어났다.

"누구냐!"

 그는 긴장한 얼굴로 상대를 쳐다봤다. 동방인으로 보이

는 남자가 주머니에 손을 꽂고, 짝다리를 짚고 있었다.

"누가 상처 난 작은 짐승 아니랄까 봐 하악거리는 꼴 좀 보게."

남자는 조소를 지으며 알렉시온을 위아래로 훑어봤다. 그 시선이 기분 나빠 알렉시온은 선샤인 스톤을 발동시켰다.

위잉!

노란빛 광채가 보석에서 흘러나오며 단색의 오로라처럼 주변으로 퍼지기 시작했다.

허공에 보석과 같은 색의 동그란 구체 수십 개가 떠올랐다. 하나같이 강력한 파괴력이 느껴졌다.

남자가 말했다.

"호오, 재밌는 힘이군."

"누군진 모르겠지만 좋은 목적으로 온 것 같아 보이진 않으니 죽이겠다. 원망 마라."

"소문대로 친절하군."

알렉시온이 눈살을 찌푸리며 구체를 본격적으로 조작하기 시작했다.

휘휘휑!

바람을 쇄도하는 소리와 함께 구체들이 일제히 움직였다. 눈으로 좇는 게 불가능할 정도로 빠른 속도였다.

일전의 소드마스터는 오로지 감에 의존해 구체들을 쳐

냈었다. 그보다 실력이 떨어진다면 막지 못할 것이다.

하지만 안타깝게도 상대는 평범한 남자가 아니었다.

김성현이 피식 웃었다.

선샤인 스톤, 일명 일석은 분명 강한 힘을 가지고 있다. 그러나 한 세트인 월석이 없는 이상 진정한 힘을 발휘할 수 없다.

"듀란달."

굳이 김성현이 나설 필요도 없었다. 듀란달이 황금빛 신성력을 번쩍이며 전방에 보호막을 펼쳤다.

콰가가강!

폭발은 발생하지 않았지만 보호막을 타고 강렬한 충격파의 떨림이 느껴졌다.

"내부에서부터 파괴하는 힘이구나."

[어떻게 할까요?]

"적당히 상대해. 죽이진 말고."

[그거야 당연하고요.]

김성현은 손 하나를 주머니에서 빼 코끝을 긁적였다.

어느새 저 앞까지 나간 듀란달이 구체를 쳐 내며 알렉시온을 향해 쇄도해 갔다.

"이런!"

노란빛 광채가 원뿔형으로 돌돌 말렸다. 알렉시온은 날

카로운 창 형태가 된 광채를 듀란달을 향해 쏘았다. 순간 공간이 말려 들어가는 듯한 착각이 느껴졌다.

김성현이 한쪽 눈을 위로 추켜올렸다. 조금 놀랐다. 듀란달이 어떻게 되진 않겠지만, 저 정도 위력까지 끌어 올릴 거라 생각하지 못했다.

[이거, 조금 버겁겠는데?]

듀란달의 목소리에 김성현이 말했다.

-개소리하지 마.

-예.

황금빛 신성력을 머금은 칼날이 잔상을 그리며 한 바퀴 휙 돌았다. 그러곤 가로로 누운 뒤 쏘아져 오는 창 형태의 광채를 향해 움직였다.

검끝과 창끝이 충돌했다.

파지직!

눈부신 스파크가 튀며, 산 정상에 복잡한 거미줄 같은 균열이 벌어지기 시작했다.

"어, 어!"

일석을 제외하면 특별한 힘이 없는 알렉시온이 균형을 잃고 쓰러졌다.

김성현은 한심한 얼굴로 그를 보다 발을 굴렸다.

쿵!

균열이 거짓말처럼 사라지며 흔들림 또한 멈추었다. 두 힘의 충격파를 완전히 차단한 것이다.

알렉시온이 놀란 눈으로 김성현을 보았다. 그가 했다는 걸 알아챈 듯했다.

알렉시온의 얼굴이 급격히 절망으로 물들었다. 압도적인 힘을 가진 적에게 결국 죽을 거라 생각하는 모양이었다.

어이없는 생각이었지만 그의 입장에선 충분히 납득이 되었다. 서방 땅을 밟고 나서 한 번도 죽음의 위기에서 벗어난 적이 없을 테니까.

'이쯤에서 끝내야겠군.'

김성현은 듀란달 쪽을 보았다. 광채의 힘이 대단해 그조차 쉽게 밀어내지 못하고 있다.

다시 봐도 놀라웠다. 듀란달은 어지간한 대신급보다 강력한 성검이다. 월석과 함께라면 모를까, 일석 하나로는 부족할 거라 생각했다.

착각이었다. 일석은 그 자체로도 대단한 힘을 품고 있었다. 저런 것이 잘도 세상에 공개되지 않고 있었다.

김성현이 손을 휘휘 저었다. 힘의 충돌로 비틀린 공간이 원상 복귀되며, 창 형태의 광채가 거짓말처럼 소멸했다.

무게중심을 잃은 듀란달이 휘청였다.

[뭡니까?]

"그만 질질 끌자고."

[쳇! 거의 다 이겼는데.]

"웃기고 있네."

[진짠데…….]

김성현은 구시렁거리는 듀란달을 뒤로하고 알렉시온에게 걸어갔다.

그가 겁먹은 얼굴로 일석을 다시 작동시키려고 했지만,

"그걸론 불가능해."

김성현이 강제로 일석을 잠재웠다. 아무리 그란델피아의 혈통이라도 더 이상은 사용하지 못할 것이다.

일석이 아무리 대단한 물건이라도 그래 봐야 퀘스트 월드의 부속품이다. 김성현에게 있어선 조금 놀라움을 준 예쁜 돌에 불과했다.

"이, 이거 왜 안 돼? 어째서……?"

김성현이 한 짓이란 걸 모르는 그는 손바닥으로 일석을 툭툭 쳤다. 그러면서 한 걸음씩 가까워지는 김성현을 두려운 눈으로 쳐다보았다.

"이러면 안 되는데……. 젠장, 젠장! 죽으면 안 되는데……."

이윽고 울먹이며 눈물까지 보였다. 그 모습이 참으로 애처로워 보였다.

지금까지 몇 없는 왕국이긴 하지만 왕족으로서, 왕세자

로서 편한 삶을 살아왔을 그였다. 그런데 낯선 타지에 와 죽을 고비를 몇 번 넘기니 한계에 도달한 모양이었다.

김성현은 괜한 씁쓸함에 그를 향해 손바닥을 펼쳤다. 알렉시온은 그것이 공격 자세인 줄 알고 비명을 지르며 몸을 웅크렸다.

"살려 줘어어어어!"

"쫏!"

김성현의 손바닥에서 한 차례 빛이 뿜어져 나왔다.

알렉시온이 몸을 크게 들썩였다. 그러곤 목을 움켜쥐고 컥컥거리기 시작했다.

"사, 살려……."

새빨개진 얼굴, 잔뜩 충혈된 두 눈, 입술 밖으로 흘러나오는 대량의 침. 그리고 거짓말처럼 사라져 가는 온몸에 난 상처.

김성현이 인상을 찌푸리며 말했다.

"너, 뭐 하냐?"

* * *

"예?"

알렉시온이 멍청한 표정으로 김성현을 올려다봤다. 얼

굴에 힘을 얼마나 줬는지 금방이라도 터질 것 같았다. 그 모습이 애처롭기도 하고, 한심해 보이기도 했다.

용케 여기까지 왔다는 생각이 들었다. 그만큼 일석의 능력이 뛰어났다는 거겠지만.

"일어나. 네 적이 아니니까."

"저, 적이 아니라고……?"

"왜? 적이었으면 좋겠냐? 그럼 그렇게 해 줄 수 있지."

"아니, 아니, 아니, 아니, 아니!"

입에 모터를 단 줄 알았다.

알렉시온은 입가에 묻은 침을 소매로 박박 닦고 자리에서 일어났다.

일단 자신에게 적의가 없단 걸 느꼈는지 표정이 한층 편해졌다. 그렇다고 바로 방심할 정도의 애송이는 아닌지 어느 정도 거리는 두었다. 그란델피아에서 나름 훈련은 잘 받은 모양이다.

"돌아와라, 듀란달."

[예!]

"헉! 바, 방금 허공에서 목소리가?"

알렉시온이 겁먹은 얼굴로 주변을 살폈다. 듀란달의 정체를 모르는 사람들의 통상적인 반응이었다.

김성현은 피식 웃으며 물었다.

"그래서, 어디로 가는 길이지?"

"바, 방금 목소리 못 들었나? 적인 것 같은데……."

자신의 말이 들리지 않는지 알렉시온은 아직도 겁먹은 채 주변을 살피고 있었다. 그가 3일간 얼마나 시달렸는지 알 수 있는 대목이었다.

그것과는 별개로 김성현은 짜증이 났다.

허공에서 목소리 좀 들릴 수도 있지, 거기에 왜 이렇게 신경 쓴단 말인가?

물론 이건 김성현의 사고방식이 잘못된 것이었다. 하지만 지금은 그가 법이고, 정의였다.

딱!

"으악!"

김성현이 뒤돌아보고 있는 알렉시온의 뒤통수를 시원하게 때렸다.

힘 조절을 하긴 했지만 평범한 인간이 감당할 수준은 아니었던 모양이었다.

알렉시온이 뒤통수를 부여잡고 끅끅거렸다.

"아… 좀 세게 때렸네."

"무슨… 무슨 짓이야!"

김성현이 멋쩍은 얼굴로 어색하게 웃었다.

"미안, 미안. 하하!"

"이 자식……. 정말 적 아닌 거 맞아?"

방금의 뒤통수 후리기로 또 의심이 생겼는지 알렉시온이 빠르게 거리를 벌렸다. 그래도 일석의 힘을 바로 발동시키지 않는 걸 보니 완전히 의심하는 건 아닌 듯했다.

김성현은 히죽거리며 듀란달을 툭툭 건드렸다.

"인사해라."

[반갑습니다.]

"허억!"

듀란달이 말을 하자 예상에서 조금도 벗어나지 않은 알렉시온의 반응이 이어졌다.

그가 놀란 눈으로 김성현에게 물었다.

"그 검이 지금 말한 거야?"

"이제 됐냐? 이제 멍청한 소리 좀 그만하고, 네 얘기나 들어 보자고."

"어… 그, 그래."

표정을 보니 딱히 된 것 같아 보이진 않았지만, 더 이상 시간을 끌고 싶지 않았다. 김성현은 근처 바위에 대충 걸터앉아 앞으로의 일정을 물었다.

"아까 하던 질문이나 마저 하지. 어디로 갈 것이며, 이제 어떡할 거야?"

"그 전에 나부터 한 가지 물어볼게."

멍청해 보이던 알렉시온의 표정이 날카로워졌다.

태생이 순하게 태어나 어색한 감이 없잖아 있지만, 나름 제법이었다.

김성현이 고개를 까딱이는 것으로 허락했다.

"넌 대체 누구지?"

짧은 질문이었지만 많은 의미가 함축되어 있었다.

김성현은 어떻게 대답할지 조금 고민했다. 현재 그에게 얽혀 있는 인과가 너무 복잡하기 때문이었다.

자신이야 더 이상 퀘스트 월드 내의 인과율 따윈 무시해도 그만이었다.

당장 이기적으로 나서면 알렉시온에 얽혀 있는 인과들을 모조리 뜯어내 버릴 수 있었다. 그렇게 되면 알렉시온은 분명 엄청난 위기를 맞닥뜨리겠지만 클리어까진 수월할 것이다.

김성현은 씁쓸한 미소를 지었다.

만약 무지갯빛 존재 앞에서 인간의 정체성을 버렸다면 이렇게 귀찮은 길을 걷지 않았을 것이다.

하지만 결과적으로 인간의 정체성을 포기하지 않았고, 위대한 신격임과 동시에 인간으로 남게 되었다.

그러니 그런 지독한 짓은 하지 못한다. 그게 김성현이란 인간이었다.

생각을 정리한 그가 입을 열었다.

"난 모든 걸 알고 있는 존재. 그 정도로 생각하면 된다."

"하아? 모든 걸 알고 있는 존재라고?"

역시나 알렉시온이 이해하지 못한 얼굴로 반문했다. 그의 반응은 지극히 정상적이었다.

"네가 무슨 신이라도 되는 줄 아는 거야? 대륙엔 그런 미친 사람도 있다고 들었는데."

"안 믿네."

"그럼 믿겠……."

알렉시온은 하던 말을 멈추었다. 그러곤 눈 한번 깜빡이지 않고 주변을 둘러보았다.

눈을 깜빡인 것도 아닌데 풍경이 갑자기 바뀌었다.

뭐라 설명해야 좋을지 모르겠지만, 믿을 수 없는 일이었다. 서방 대륙에 도착해 수많은 마법을 보아 왔지만 스케일 자체가 달랐다.

"이, 이곳은?"

"네가 너무 안 믿어서 머릿속을 좀 읽었다."

"머, 머릿속을?"

김성현이 말없이 고개를 끄덕였다.

처음엔 그의 입에서 들을 생각이었는데, 계속 질질 끌 것 같아 그냥 읽었다.

그렇다고 생애의 모든 기억을 읽은 것은 아니었고, 목적지 부분만 딱 잘라 내어 읽었다. 굉장히 어려운 기술이었으나 김성현은 어렵지 않게 해냈다.

"이곳이 약속의 땅이로군."

"그, 그걸 어떻게 알… 아십니까?"

처음처럼 반말을 하려던 그가 다급하게 존대로 바꾸었다. 엄청난 공간 전이 능력을 보았으니 당연하다면 당연한 반응이었다.

김성현은 그가 참 다양한 표정을 가지고 있다고 느꼈다. 벌써 보여 준 표정만 해도 한두 가지가 아니다. 모두 당황이나 놀람에서 비롯된 표정들이긴 하지만.

희노애락을 모두 포함해 표정을 짓는다면 100개 이상은 되지 않을까 조심스럽게 짐작했다.

김성현은 다시 주머니에 손을 꽂고 풍경을 감상했다.

약속의 땅은 보는 것만으로도 싱그러운 꽃밭이었다. 꽃의 종류는 다양했으며, 듬성듬성 튀어나온 잔디들은 청량한 느낌까지 주었다.

"이런 곳이 숨겨져 있었군."

김성현은 현재 이곳 일대를 하늘에서 관조하듯 보고 있었다.

판데리아 대륙의 최남단, 거기서도 알크 대수림이라 불

리는 금지(禁地) 깊숙한 곳에 약속의 땅이 존재했다. 강력한 마법 장치까지 되어 있어 완숙한 경지의 마법사라도 이곳을 탐색하는 건 어려워 보였다.

"그래, 이곳엔 무슨 볼일……. 참 나, 가지가지 한다."

구경을 마친 김성현이 알렉시온을 쳐다보다 작게 웃음을 터트렸다. 진짜 약속의 땅이라는 걸 알았는지 그는 펑펑 울고 있었다.

김성현은 그의 손목에 껴져 있는 일석으로 시선을 돌렸다. 그가 우는 것과는 별개로 일석이 요란하게 빛나고 있었다.

약속의 땅과 교감이라도 나누는 것일까?

조용히 있던 듀란달이 입을 열었다.

[이곳, 아주 기묘하네요.]

"그래."

[주인님, 혹시 이곳은 다른 세계인가요?]

듀란달은 꽤나 감이 좋은 편이었다.

김성현은 구름 한 점 없이 시원하게 펼쳐진 하늘을 보며 대답했다.

"그런 것 같다. 대수림에 위치해 있긴 하지만 공간 자체는 다른 차원에 딸려 있어."

[역시……. 이곳은 대체 어디일까요?]

"글쎄다."

마음먹으면 못 알아낼 것도 없지만, 그렇게 되면 너무 피곤해질 것 같았다. 어차피 나중 가면 알기 싫어도 다 알게 되어 있었다.

중요한 건 약속의 땅이 어디냐가 아니었다. 이번 에피소드의 히든 피스는 일석의 비밀을 알아내는 것이다. 이젠 그 비밀이 무엇인지 알 것 같았다.

김성현은 저번 에피소드에서 얻은 마이크로칩을 꺼냈다. 그리고 아직도 울고 있는 알렉시온에게 걸어가 그의 오른팔을 끌어당겼다.

"무, 무슨……!"

갑작스런 김성현의 행동에 알렉시온이 팔을 빼내려 했지만 불가능했다.

김성현은 다른 손으로 어렵지 않게 일석을 뽑았다. 허무할 정도로 쉽게 뽑혀 알렉시온의 눈이 당황으로 물들었다.

그는 멍하니 있다 급히 정신을 차리고 김성현에게 몸을 날렸다.

"내놔!"

"잠깐이면 된다."

"헉!"

알렉시온은 김성현에게 뛰어들던 자세 그대로 몸이 굳

었다. 마치 시간이 정지된 것 같은 모양새였다.

 김성현은 일석을 이리저리 돌려 보다 입꼬리를 위로 올렸다.

 "찾았다."

 [뭘요?]

 듀란달도 일석을 보고 있었지만 별다른 건 발견하지 못했다.

 반면 김성현의 눈엔 똑똑히 보였다. 일석은 살짝 납작하고 반들반들한 타원형 옥돌처럼 생겼는데, 뾰족한 부분에 아주 미세한 틈이 선처럼 그려져 있었다.

 김성현이 틈 사이로 기운을 살짝 불어넣자,

 딸칵!

 펜던트처럼 반으로 갈라지며 열렸다. 그 안엔 손에 들린 마이크로칩과 똑같이 생긴 칩이 들어 있었다.

 "이거 만든 새끼가 누군지는 모르겠지만, 참 대단한 새끼네. 크큭!"

 일석의 비밀을 알아낸 김성현이 이마를 짚고 웃기 시작했다.

 듀란달은 그가 왜 웃는지 이해할 수 없었다. 그 이유를 물어봐도 웃기만 할 뿐 대답할 생각은 없어 보였다.

 [왜 그러시는 겁니까, 대체?]

"크하하하!"

[악당 같네요.]

평소 행실도 악당 같긴 했지만, 오늘은 유독 더 악당스러웠다.

그 후로도 10여 분 정도 웃음이 더 이어졌다. 김성현은 아직도 웃음 때문에 얼얼한 배를 문질렀다.

"후우, 오랜만에 빵 터졌네."

[뭐가 그렇게 웃긴 겁니까? 좀 같이 알고 웃자고요. 네?]

"나중에 알려 줄게, 나중에. 일단 급한 것부터 해결하자고."

김성현은 흐르는 눈물을 닦아 내고 알렉시온을 풀어 주었다.

"우와악!"

뛰어들던 자세였으니 넘어지는 건 당연지사였다.

알렉시온은 이를 악물고 자리에서 일어나 다시 김성현에게 달려들었다.

넘어진 건 넘어진 거고, 그는 명백히 자신을 속였다.

한편으론 스스로가 너무 한심했다. 그렇게 죽을 뻔했는데 수상한 자를 믿다니.

"죽일 거야아아아!"

말은 그렇게 하지만 쓰러트릴 거란 생각은 하지 않았다. 오히려 고통스럽게 죽임을 당할 수도 있었다.

하지만 지금만큼은 주체할 수 없었다. 죽을 땐 죽더라도 한 방은 먹이고 싶었다.

알렉시온이 꽉 말아 쥔 주먹을 김성현의 얼굴에 휘둘렀다.

빡!

"어?"

알렉시온의 눈이 휘둥그레졌다. 주먹이 정통으로 김성현의 얼굴에 꽂혔다.

설마 공격을 그대로 허용하리라곤 생각하지 못했다. 당연히 피하거나 반격할 줄 알았다. 혹시 일부러 맞아 준 것일까?

'빌어먹을!'

김성현의 의중은 모르나, 만약 추측이 사실이라면 그보다 수치스러운 건 없었다.

알렉시온은 한 번 더 주먹을 휘둘렀다.

빡!

이번에도 피하지 않고 그대로 맞아 주었다.

"왜, 왜 맞아 주는 거지?"

"됐냐?"

"아니!"

알렉시온의 주먹이 몇 분 동안 더 이어졌다.

김성현은 한 번도 피하거나 막지 않았다. 입술이 터지고,

입 안과 혀에 상처가 잔뜩 났다. 뽑힌 이도 4개나 되었다. 일부러 완전한 인간의 육체가 되어 맞아 준 것이다.

"헉! 헉……!"

주먹질은 꽤나 체력을 요하는 행동이었다. 알렉시온은 거친 숨을 몰아쉬며 김성현을 노려보았다. 분명 얼굴은 엉망진창이 되었는데 아픈 기색도 없다.

"아직도 날……!"

"받아라."

김성현은 그의 말을 자르며 일석을 던졌다.

비밀을 알았으니 더 이상 필요가 없어졌다. 어차피 지금 당장 얻어야 하는 것도 아니고, 지금 뺏었다간 에피소드가 이상해질 것이다.

그는 얼굴을 툭툭 건드리는 것으로 모든 상처를 말끔히 치유했다.

알렉시온이 경악한 눈으로 쳐다봤다. 이젠 저 표정이 익숙하다 못해 질리기 시작했다.

※ ※ ※

테베즈는 말없이 화면 속의 김성현을 보고 있었다. 그의 입에서 작은 한숨이 흘러나왔다.

"하아……."

어쩌다 일이 이렇게 된 건지 모르겠다. 인간의 한계를 너무 얕봤나? 그들에겐 자신의 눈으로 확인할 수 없는 무궁무진한 잠재력이 있던 걸지도 모르겠다. 이제 어쩌면 좋을까.

현재 김성현은 자신과 비교해도 크게 꿀리지 않았다. 오히려 어떤 부분에선 더 특출 난 면도 있었다.

그리고 아직 '고유의 힘'이 뭔지 알아내지도 못했다.

그것만 알아낸다면 자신의 '비석'을 이용해 제압할 방법이 생길 텐데.

테베즈는 손가락으로 미간을 주물렀다.

거의 한 번에 두 외우주의 신격이 탄생했다. 이례적인 일이었고, 두 번 다신 없을 일이었다.

다행인 것은 슈퍼노바가 이미 외우주로 탈출했다는 것이다. 신경 쓸 거리가 하나로 준 것만으로도 천만다행이었다.

"후우, 당장에 위험은 없겠군. 슬슬 준비를 해야겠어."

테베즈가 화면을 끄며 자리에서 일어났다.

당장 김성현이 이상한 짓을 하진 않을 것이다. 목표가 엔딩을 보는 것인 이상 대략 한 달 정도는 여유가 있다고 봐도 무방하다. 지금 해야 할 일은 그 이후의 준비였다.

김성현이 엔딩을 보고 퀘스트 월드의 실체를 완벽하게 깨닫는 순간 '혼돈'이 무너질 것이다.

그가 외우주의 신격이 된 순간부터 퀘스트 월드는 이미 시한부 게임이 되었다.

자신도 더 이상 퀘스트 월드엔 관심 없었다. 정확히는 관심을 가질 필요가 없게 되었다.

"어차피 인과율은 충분히 모였어."

테베즈는 그리 중얼거리며 강철로 된 자동문을 넘어 거대한 방으로 들어갔다.

그곳엔 기다란 기둥 같은 유리관이 놓여 있었다. 천장까지 이어진 유리관 안엔 푸른 액체가 넘실거리고 있었다.

요그 소토스를 비롯한 운영진 몰래 조금씩 모아 온 퀘스트 월드의 인과율이었다.

"크흐흐!"

비록 외우주의 신격에겐 인과율이 필요 없다지만, 흡수하면 분명 큰 힘이었다.

그때 누군가 자신의 거처로 들어온 게 느껴졌다.

"어떤 초대받지 못한 손님이 이곳을 방문했을라나."

테베즈가 눈을 가늘게 뜨고 그곳으로 이동했다. 예상치 못한 인물이 지친 몰골로 서 있었다.

"자네가 여긴 어떻게?"

넝마나 다름없는 흰 로브를 입은 사내가 입가에 묻은 피를 닦아 냈다. 치열한 접전이었는지 온몸이 상처투성이였다.

테베즈는 그의 옆에 쓰러진 악마를 보았다.

"데몬크로스."

한쪽 뿔이 부러져 있고, 날개가 반쯤 찢어져 너덜거린다. 옆구리도 크게 갈라져 그 틈으로 내장이 희끗희끗 보였다.

테베즈가 한숨을 내쉬었다. 자신이 김성현에게 집중하고 있는 사이에 이런 일이 벌어지다니.

그는 숨을 헐떡이는 사내를 보았다.

"그래, 문지기를 잡았으니 말 정도는 들어 주지. 뭐 때문에 찾아왔나?"

"후욱… 후욱……! 나도… 나도 하게 해 주시죠."

"뭘?"

"김성현이 했던 거 말입니다!"

사내, 아셀라우시스가 광기에 물든 얼굴로 소리쳤다.

테베즈는 잠시 벙찐 표정이 되었다 크게 웃음을 터트렸다.

"뇨호호호호!"

"……."

"뇨호호호호호호!"

테베즈의 폭소에 아셀라우시스가 정색하며 말했다.

"왜 웃으십니까?"

"뇨호호! 그대가 감당할 수 있을 거라 생각하나?"

"안 될 게 뭐란 말입니까?"

반항적인 태도에 테베즈가 조소를 지었다.

설마 김성현이 해냈다고 자신도 해낼 거라 생각하는 녀석이 있을 줄은 몰랐다. 외우주의 신격이란 게 그렇게 쉬어 보였단 말인가?

테베즈는 미소를 지우고 아셀라우시스의 코앞까지 걸어갔다.

꿀꺽!

침 넘어가는 소리가 적나라하게 들려왔다. 크게 긴장한 모양이었다.

테베즈는 의식을 잃은 데몬크로스를 향해 손바닥을 펼쳤다. 기묘한 힘이 흘러나오며 그를 완전히 회복시켰다.

"으윽……."

정신을 차린 데몬크로스가 힘겹게 몸을 일으켰다. 후유증이 꽤 컸는지 큰 덩치로 휘청거렸다. 그러다 옆에 있는 아셀라우시스를 발견했다.

"헉! 이놈!"

그에게 패배한 기억이 떠오르며 곧장 주먹을 휘둘렀다. 아셀라우시스는 인상을 찌푸리며 팔을 들어 올렸다.

그러나 주먹이 그에게 닿는 일은 없었다. 테베즈가 먼저 팔을 뻗어 데몬크로스의 주먹을 붙잡았기 때문이다.

"진정해라."

"테, 테베즈 님."

"나한테 맡기고 넌 돌아가 쉬어라."

"하지만!"

"괜찮다."

단호한 명령에 데몬크로스가 아셀라우시스를 찌릿 노려보고 어딘가로 사라졌다.

둘만 남자 테베즈가 뒷짐을 지고 다시 유리관 쪽으로 걸음을 옮겼다. 아셀라우시스는 말없이 그를 따라갔다.

테베즈의 거처는 굉장히 복잡한 구조로 되어 있었고, 자신의 고향보다 훨씬 고차원적인 기술로 이루어져 있었다. 복도를 걷는 것만으로도 뇌가 열리는 것 같은 기분이었다.

'이것이 외우주의 신격이 가진 기술력인가.'

매끈한 철제로 이루어진 은색 벽은 다소 투박해 보였지만, 그 위로 지나다니는 오색 빛깔의 회로들엔 다양한 에너지가 흐르고 있었다. 그리고 곳곳에 설치되어 있는 장치들은 언제든 주인의 통제에 따르는 시스템으로 구축되어 있었다.

한마디로 테베즈가 원하면 이곳 전체가 하나의 병기가 되는 것이었다.

더 무서운 것은 이곳의 규모였다. 아셀라우시스는 바깥에서 들어왔지만 정확한 규모는 알지 못했다. 그가 들어온 입구는 수십 개의 차원에 걸쳐 있는 입구 중 하나였기 때문이다.

만약 이런 걸 생각만으로 완벽하게 조종한다면 그야말로 우주적 재앙일 것이다.

주변을 둘러보던 아셀라우시스는 어느새 목적지에 도착했다는 걸 깨달았다. 그리고 정중앙에 있는 유리관을 발견하고 입을 다물 수 없었다.

"이, 이건!"

"놀라운가?"

엄청난 양의 인과율이 유리관에 담겨 있었다.

외우주의 존재만 알고 가 본 적은 없는 그는 플레이어이긴 하지만 인과율에 얽매여 있었다.

만약 저것을 모두 얻는다면 퀘스트 월드를 자신의 입맛대로 주무르는 건 어려운 일도 아니리라.

아셀라우시스가 의심스러운 눈으로 테베즈를 보았다.

"무슨 목적으로 이 많은 인과율을 모으신 겁니까?"

"글쎄? 궁금한가?"

"…궁금합니다."

밀당을 하기엔 인과율의 양이 너무 많다. 테베즈도 그 사실을 잘 알고 있었다.

그는 뒷짐 진 손을 풀고 유리관 앞에 놓인 기계 장치 위로 손을 얹었다.

삐릭!

기분 나쁜 소리와 함께 손바닥이 닿은 부분에서 푸른 선이 발광하며 손바닥 전체를 스캔하고 사라졌다.

쿠궁!

유리관 전체가 크게 흔들렸다. 그러고는 수많은 거품이 일며 액체화된 인과율이 끝까지 치솟았다.

"이건 엄청난 힘이야. 퀘스트 월드 정도는 단숨에 먼지로 만들어 버릴 수 있는 힘."

"퀘스트 월드를 날려 버릴 작정이십니까?"

"설마? 내가 하지 않아도 누군가 해 줄 텐데 굳이."

아셀라우시스는 누군가가 누구인지 알 것 같았다. 운영진을 제외하고 그런 짓을 벌일 인물은 딱 한 명이었다.

김성현. 현재 빠른 속도로 엔딩을 향해 달려가는 그는 분명 퀘스트 월드를 무너트리려 하고 있었다.

테베즈가 물었다.

"그대가 원하는 걸 내게 말했을 때 이걸 보여 줘야겠다고 생각했지."

"무슨 뜻입니까?"

"목표가 같다는 말이야. 그리고 이 힘을 좀 색다르게 쓸 수 있을 것도 같고."

테베즈는 원래 인과율을 요그 소토스를 상대하는 데 �

려고 했다.

그러나 아셀라우시스를 보고 생각이 달라졌다. 계획을 전면 수정해야 하지만, 더 나은 방향이 있다면 그걸로 족했다. 무엇보다 자신의 손을 직접 쓰지 않아도 되는 게 가장 컸다.

테베즈가 웃으며 제안했다.

"그대의 요구를 들어주지. 대신 그대도 내 요구를 하나 들어줘야 해."

"거래를 하자는 말씀입니까?"

"물론. 내가 설마 김성현에게 아무런 대가 없이 힘을 줬다고 생각하나?"

실제로 그가 준 힘이 아니었지만, 거래의 우위를 차지하기 위해 거짓말을 했다.

아셀라우시스도 멍청하지 않기에 단번에 거짓말이라는 걸 간파했다. 하지만 모르는 척 그의 말에 호응해 주었다.

그러나 테베즈의 요구를 들은 그는 섣불리 대답할 수 없었다.

"그러시군요. 어떤 걸 원하십니까?"

"내게 영원히 귀속되게나."

"……."

"흡수되라는 말이 아닐세. 데몬크로스처럼 나의 명령에

충실히 따르는 부하가 되라는 것일세. 솔직히 나 정도 존재의 부하라면 나쁘지 않은 거 아닌가?"

아셀라우시스는 태생적으로 상대 위에 군림하지 않으면 안 되는 성격이었다. 오욕칠정을 버렸으면서도 금방 다시 만들어진 이유가 바로 선천적으로 타고난 탐욕 때문이었다.

그것은 유전자 단위에 새겨진 욕망으로 버린다고 버려지는 것이 아니었다.

만약 완전히 버릴 수 있다면 아타락시아 정도의 마왕이 아니라, 또 다른 아셀라우시스가 탄생했을 것이다.

그러나 이 요구를 받아들이지 않으면 일말의 기회조차 사라진다.

'내가… 내가 이자보다 더 강해진다면 계약으로 묶여 있어도 해방될 수 있을 것이다.'

아셀라우시스는 일단 현재에 굴복하기로 했다. 어차피 큰 그림을 그려야 한다.

그가 테베즈에게 부복했다.

"당신에게 영원히 귀속되겠습니다."

"크크큭! 좋군, 좋아! 그대가 원하는 바를 이루게 해 주지. 일단 이 모든 걸 받아라."

유리관 끝까지 솟구친 액체들이 소용돌이를 일으키며

바닥에 뚫린 구멍으로 빨려 들어가기 시작했다.

테베즈가 장치에서 손을 떼자 아셀라우시스가 부복해 있는 바닥에서 푸른빛이 넘실거렸다. 그리고 거대한 힘이 그의 몸으로 흡수되기 시작했다.

"끄아아아아악!"

"인간의 육체론 버티기 힘들 거다. 그러니 더 강한 힘과 정신력으로 무장해라. 그다음 나의 가장 날카로운 검이 되거라."

어느새 시공간 가속기를 손에 든 테베즈가 그를 향해 손을 뻗었다. 시공간이 비틀리며 고통에 몸부림치는 아셀라우시스가 어딘가로 사라졌다.

"크흐흐!"

혼자 남은 테베즈가 웃음을 터트렸다. 그의 손엔 언제 들었는지 모를 비석이 들려 있었다.

비석의 가장 마지막 자리에 아셀라우시스의 이름이 적혀 있었다. 그리고 그 옆엔 '종속'이란 두 글자가 새겨져 있었다.

"넌 나보다 더 강해져서 계약을 파기하겠다고 생각하겠지. 하지만 과연 될까?"

절대 끊을 수 없는 그물에 걸린 아셀라우시스였다. 비석의 힘을 알지 못하는 그는 설사 요그 소토스급의 강자가 된다

해도 벗어날 수 없었다. 종속이란 바로 그런 것이었다.

※　※　※

 김성현은 약속의 땅에 나타난 두 사람(?)을 보며 피식 웃었다.
 에피소드의 난이도가 이렇게 확 치솟아도 되나 싶었다. 뒤에 있는 알렉시온은 겁에 질려 바닥에 넘어져 있었다.
 그럴 만하다 생각했다. 예전의 자신과 비교해도 절대 부족하지 않은 괴물들이었으니까. 둘 모두 얼굴은 처음 보지만 이름 정도는 알고 있었다.
 "불의 신 미카엘과 두 번째 좌의 마왕 루시퍼가 여긴 웬일이야?"
 그랬다. 지금 약속의 땅에 나타나 일석을 빼앗으려는 자들은 각각 천계와 마계에서 엄청난 영향력을 행사하는 신과 마왕이었다.
 미카엘이 루시퍼를 힐끔 보더니 김성현에게 말했다.
 "그대가 누군진 모르겠지만 선샤인 스톤을 넘겨줬으면 좋겠군. 우리에게 꼭 필요해서 말이지."
 "웃기는군. 네놈 손에 들어가는 걸 내가 구경이라도 할 것 같나?"

"…더러운 입 놀리지 말라, 타락한 자여."

"건방진 녀석! 너부터 처리하고 저놈을 쳐 죽여… 크엑!"

미카엘을 향해 적의를 보이던 루시퍼가 기괴한 비명을 지르며 저 멀리 날아갔다.

미카엘은 놀란 눈으로 옆을 돌아봤다. 그곳엔 코를 후비고 있는 김성현이 서 있었다. 그가 미카엘을 돌아보며 물었다.

"너도?"

미카엘이 세차게 고개를 저었다.

8권에 계속

www.mayabook.co.kr

www.mayabook.co.kr

www.mayabook.co.kr